KB234848

행운흥신소 사건 일지

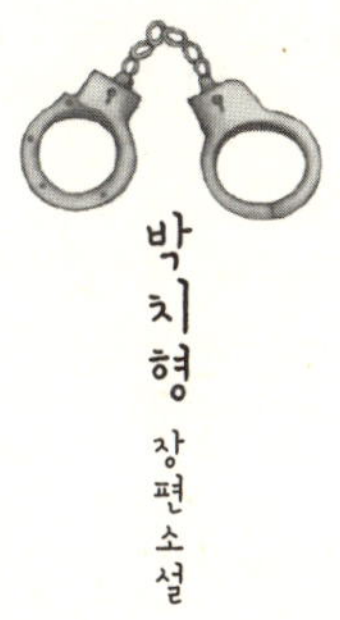

박치형 장편소설

푸른여름

누구의 자식인지 알고 있는 것은 그의 어머니뿐이다.
- 스트린드 베르히

"파스…쿠토?"

살짝 발음이 꼬인다. 비록 학부 영구생이라는 오명을 간신히 벗어나긴 했지만 그래도 대학은 졸업했는데, 맞은편 빌딩 칠 층에 위치한 패밀리 레스토랑의 간판 이름은 좀체 읽기가 어렵다. 그 간판을 한동안 멍하니 올려보다가 슬슬 아파오는 뒷목을 손으로 주물렀다.

한강이 보이면 좋을 텐데……. 어린 시절부터 가졌던 내 꿈은 유유히 흘러가는 한강이 내려다보이는 넓은 사무실에서 일하는 것이었다. 하지만 꿈과 현실은 역시 괴리가 있다.

고작 오 층짜리 허름한 빌딩, 그것도 제일 높은 층이 아니라 이 층 한 귀퉁이에 자리 잡고 있는 사무실의 손바닥만 한 창문을 통해서 한강이 내려다 보이기를 바라는 것은 두말할 것도 없이 과욕이다.

오후의 강렬한 햇살이 새어들고 있는 창문을 통해 보이는 것은 고작해야 고만고만한 식당들뿐이다. 그나마도 음식의 맛이 아니라 음식에 조미료를 얼마나 많이 넣는가로 맹렬하게 경쟁을 펼치고 있는.

"칠 층 정도면 한강이 보이려나?"

갑자기 궁금해졌다. 새로 개업하기 위해 간판을 달고 있는 맞은편 건물의 패밀리 레스토랑에 손님인 척 찾아가 한 번 확인해 볼까 하는 생각이 들었지만 곧 고개를 흔들었다. 귀찮기도 했을 뿐더러 아직은 업무 시간이다.

내가 땡땡이를 칠지도 모른다고 판단한 듯 매서운 감시의 눈초리를 보내고 있는 얼음공주를 상대로 싸워서 이길 자신이 없다. 그리고 나는 현명한 편이다. 얼음공주와 싸워서 이길 자신이 없다면 아예 싸울 건수를 만들지 말아야 한다는 것쯤은 잘 알고 있다.

손목시계를 보는 척하며 슬쩍 고개를 돌리자마자, 마치 기다렸다는 듯이 벼르고 있는 얼음공주의 매서운 눈빛과 부딪혔다. 이번에는 대체 무슨 어처구니없는 건수를 만들어 싸움을 걸려고 하냐는 듯이 노려보고 있는 얼음공주의 시선. 나는 본능적으로 고개를 돌리려다가 생각을 고쳐먹고 눈에 잔뜩 힘을 주었다.

빌어먹을. 알면서도 잘 안 된다. 얼음공주의 호전적인 눈빛과 마주하게 되면 나도 모르게 흥분하고 만다. 사실 얼음공주만 성격이 있는 것은 아니다. 나도 한 성격 하는 사람이니까.

따르릉. 따르릉. 눈싸움이라도 하듯 서로를 맹렬히 노려보기 시작하는데, 때마침 전화벨이 울렸다. 적막만이 흐르고 있던 사무실을 뒤흔드는 전화벨 소리를 들으며 나는 몰래 안도의 한숨을 내쉬었다.

벌써 얼음공주와 일 년이 넘는 시간 동안 함께 지냈지만 단 한 번도 눈싸움에서 이겨본 적이 없다. 하루에 한 번도 울리지 않을 때가 허다한 전화벨이 절묘한 타이밍에 울려주는 것이 그렇게 고마울 수가 없었다. 전화를 받을 생각도 없이 눈싸움만 계속하고 있는 얼음공주에게 전화를 가리키며 턱짓을 했다. 어서 받으라고.

못마땅한 표정을 지으며 수화기로 손을 가져가던 얼음공주가 한마디 던졌다.

"월급도 안 주면서."

괜히 헛기침을 하며 못 들은 척 딴청을 부렸다.

그래. 나는 이 사무실의 사장이다. 비록 밑에 거느리고 있는 직원이라고는 얼음공주 하나밖에 없지만. 그리고 그 하나밖에 없는 직원의 월급도 제때 챙겨주지 못하는 못난 사장이지만 뭐 그럴 수도 있지 않은가? 요즘은 워낙에 불경기니까.

어쩌면 밑에서 일하는 직원을 자르지 않고 근근이 버텨나가고 있는 것만으로도 나는 유능한 사장일지 몰랐다. 문제는 얼음공주가 그것을 전혀 느끼지 못하고 또 조금도 고마워하지 않는다는 데 있지만.

"의뢰."

메모를 건네는 얼음공주의 이야기를 들으며 내 귀를 의심했다.

분명히 잘못 걸려온 전화일 거라고 추측했는데 얼음공주는 메모지를 건네며 의뢰라고 했다.

"무슨 의뢰?"

"직접 읽어 봐. 다 적어뒀으니까."

얼음공주가 건네는 메모지를 받아들면서 나는 얼굴을 풀었다. 이젠 나와 얼굴을 마주하고 말을 섞기도 싫은 모양이다.

사장을 대체 뭘로 보는 건지. 하나밖에 없는 직원의 태도가 엉망이다. 지금 당장이라도 땅바닥을 뚫고 들어갈 정도로 패대기쳐진 사장의 권위를 되찾고 싶었지만 얼음공주의 눈빛은 여전히 호전적이다. 어디 한 번 자를 테면 잘라보라는 듯이. 단 그 전에 밀린 월급부터 정산하라는 당당한 표정을 확인한 나는 군말 없이 손에 들린 메모지로 시선을 돌렸다.

이름 : 김정현

나이 : 서른 둘

직업 : 광고 회사에 다니다가 일 년 전 퇴사. 그 후로 무직.

주소 : 관악구 봉천동 415번지.

석 달 전 실종.

"실종?"

나도 모르게 눈살을 찌푸렸다. 실종 사건은 해결하기가 쉽지 않다. 그것도 실종된 지 석 달이란 시간이 흘렀다면 더욱 그렇다.

경찰에 신고했다고 하더라도 이미 반쯤은 포기한 상태로 신경도 쓰지 않을 것이다. 살인 사건이나 성범죄, 조직 폭력 같은 강력 범죄를 해결하는 것만 해도 정신이 없는 경찰에 기대를 걸기보다는 차라리 사진이 붙은 전단지를 지하철역 앞에서 뿌리거나, 케이블 방송의 실종자 찾기 프로그램에 광고를 의뢰하는 편이 나을지 몰랐다. 그래봤자 찾을 수 있는 가능성이 희박하기는 마찬가지지만. 하긴 그러니 나한테까지 의뢰가 들어왔을 테지.

내 전공은 불륜이다. 그러니까 굳이 설명을 하자면 멀쩡한 부인이나 남편을 두고 바람을 피우는 배우자의 뒷조사 쪽이다.

물론 불륜에도 여러 종류가 있다. 영화에 나오는 뜨거운 로맨스 못지않은 아름다운 불륜도 있고, 덜 익은 사과처럼 풋풋하고 상큼한 불륜도 있고, 이름 그대로 지저분한 불륜도 있다. 하지만 내가 이 생활을 오래 하며 느낀 것은 하나다. 아름답던, 상큼하던, 지저분하던 간에 불륜은 불륜일 뿐이다. 그리고 내 소중한 돈벌이의 수단이기도 하고. 그래서 좀 아이러니하지만 난 불륜을 그다지 나쁘게 생각하지 않는다. 오히려 권장하는 편이지.

어쨌든 내키지 않는 의뢰였다. 그냥 거절할까, 라고 생각하며 고개를 들자마자 날카롭기 그지없는 얼음공주와 시선이 부딪혔다. 그리고 얼음공주는 눈빛으로 말하고 있었다. 지금 이것저것 가릴 때가 아니라고. 대체 그런 식으로 일해서 언제 내 밀린 월급을 정산할 수 있겠느냐고. 차가운 얼음공주의 시선을 확인하고서 나는 힘없이 입을 열었다.

"까짓것 맡지 뭐! 지금 당장 가볼게."

사장의 권위는 이번에도 어김없이 무너졌다. 아무래도 밀린 월급을 정산하기 전까지는 땅바닥에 처박힌 사장의 권위를 되찾기 힘들 듯하다. 물론 밀린 월급을 정산한다 하더라도 찾을 수 있을지 의문이지만.

그제야 만족한 듯 얼음공주는 자기 자리로 돌아갔다. 그리고 보란 듯이 다리를 꼬고서 도도하게 손톱을 다듬기 시작하는 얼음공주.

나는 옷걸이에 걸어두었던 허름한 점퍼를 걸쳤다. 그리곤 '행운흥신소'라고 붉은 글씨로 적혀 있는 사무실 문을 힘차게 열었다. 그래, 이제 눈치챘겠지만 나는 행운흥신소의 사장이다.

*

바닥에 떨어진 샛노란 낙엽들이 아무렇게나 굴러다니고 있는 것을 보니 어느새 가을이다. 아니, 옷깃 사이로 파고드는 바람이 무척이나 쌀쌀하게 느껴지는 것을 보니 벌써 겨울이 온 건가?

주차장 구석에 장식품처럼 놓여 있는 차를 끌고 갈까, 잠시 고민했지만 나는 곧 고개를 흔들었다. 원래 장식품이란 한 자리에 오랜 시간 놓여 있을 때 그 가치가 빛나는 법이라는 말도 안 되는 소리를 변명처럼 중얼거렸지만 진짜 이유는 따로 있다.

퇴근 시간 지키는 것을 만고불변의 진리처럼 여기는 얼음공주는 분명히 퇴근하며 주차장을 살필 것이고, 언제나 그 자리에 있어야

  행운흥신소 사건일지

할 장식품이 보이지 않으면 드디어 싸울 건수를 하나 잡았다면서 쌍수를 들고 기뻐할 것이 틀림없었다.

하나밖에 없는 직원 월급도 못 주면서 기름값은 있느냐는 것에서부터 시작될 잔소리는 훌륭한 사장의 자질에 대한 훈계로까지 이어질 것이고, 그 길고 긴 얼음공주의 잔소리를 듣고 싶은 마음은 전혀 없었다. 그래서 나는 기꺼이 대중교통을 이용하기로 했다.

아직 퇴근 시간이 아니어서인지 지하철 안은 비교적 한산했다. 드문드문 보이는 빈자리 중 하나에 걸터앉아 멍하니 어둡기만 한 창밖을 바라보다 보니 어느새 봉천역에 도착했다.

의뢰인의 집을 찾는 것은 그리 어렵지 않았다. 자랑처럼 들릴지 모르겠지만 나는 길 찾는 것에는 천부적인 재능이 있다. 주소가 적힌 종이 하나만 손에 들려 있다면 찾아내지 못할 곳이 없을 정도니까. 오죽했으면 인간 네비게이션이라고 불린 적도 있었다.

봉천역에서 내린 후 골목으로 들어가 약 십여 분을 걸어 올라가니 메모지에 적힌 주소에 도착할 수 있었다. 의뢰인이 살고 있는 집 앞에 도착한 나는 일단 외양을 살폈다. 짙은 갈색 목재 대문의 한 켠에 걸려 있는 검정색 명패에는 '김정현'이라는 이름이 선명하게 적혀 있었다.

제대로 찾아온 것을 확인한 뒤 주저하지 않고 대문 옆에 있는 벨을 눌렀다. 기다렸다는 듯이 문이 열리자 나는 거침 없이 안으로 들어갔다.

김정현의 집은 단독주택이었다. 물론 마당이 있는. 하지만 마당이 그다지 넓지는 않았다. 기껏해야 두 평이나 될까? 그래도 관리를 무척 잘해서 지저분하다는 느낌은 들지 않았다. 노랗게 색이 바랜 잔디들이 군데군데 깔려 있었고, 내 키보다 조금 큰, 종을 알 수 없는 앙상한 나무도 한 그루 서 있었다.

현관문을 열고 나오는 사람을 바라보던 나는 조금 놀랐다. 이곳에 오기 전까지만 해도 의뢰를 한 사람은 실종된 사내의 노모라고 생각하고 있었는데, 의뢰인은 아직 앳된 느낌이 드는 여자였다. 물론 앳된 여자가 기다리고 있다고 해서 놀랄 정도로 내가 경험이 일천한 흥신소 사장은 아니다. 내가 놀란 진짜 이유는 보기 드문 미인이었기 때문이다.

이제 스물 다섯쯤 되었을까? 여자는 회색 원피스 위에 검정색 스웨터를 걸치고 있었다. 보통 여자가 입었다면 촌스럽다는 느낌이 물씬 풍겼겠지만, 기품이 줄줄 흐르는 여자의 얼굴 때문인지 단정하다는 느낌이 들었다. 화장도 거의 하지 않았지만, 그렇다고 해서 가려질 미모가 아니었다.

잠시 멈칫하고 서서 여자의 얼굴만 바라보던 나는 한참 만에야 정신을 차리고 용건을 말했다.

"전화로 의뢰하셨죠? 흥신소에서 나왔습니다."

"들어오세요."

여자가 가볍게 고개를 숙여 인사를 건네며 나를 집 안으로 안내했다.

여자의 안내를 받아 집 안으로 들어선 후 처음으로 받은 느낌은

　　　　　　　　　　行운흥신소 사건일지

집 안이 무척이나 어둡다는 것이었다. 왠지 불안하다는 느낌이 들 정도로. 그 불안한 느낌을 안고 떨어지지 않는 발걸음을 간신히 떼어 여자의 뒤를 따라 거실로 들어서는데, 갑자기 뭔가가 달려들었다. 젠장, 역시 이럴 줄 알았다.

'고양이인가?'

달려들고 있는 뭔가의 정체를 확인하기도 전에 나는 본능적으로 발을 들어 걷어차버리려다가 가까스로 멈추고서 안도의 한숨을 내쉬었다.

"어, 아빠 아니잖아."

고양이가 아니라 아이였다. 워낙 실내가 어두워서 제대로 보이지는 않았지만 목소리와 대충 드러난 윤곽으로 보아 다섯 살 정도 된 여자아이였다.

"민지야, 아빠가 아니라 아빠 친구분이야."

민지라는 아이가 갑자기 달려나온 것에 당황한 듯 여자의 목소리 톤이 살짝 높아졌다. 그리고 서둘러 아이를 안고서 방 안으로 들어가는 여자의 뒷모습을 나는 물끄러미 바라보았다. 여전히 어두워서 제대로 보이지는 않았지만.

'이 집은 대체 왜 이렇게 어두운 거야?'

아이를 재우려는 듯 방 안에 들어간 후 한참 만에 나온 여자가 형광등을 켜고 나서야 거실 내부를 제대로 살필 수 있었다. 아까 보았던 마당처럼 그리 넓지는 않았지만, 그래서 오히려 아늑하다는 느낌이 드는 거실 구조였다.

정면에는 꽤나 커다란 TV 한 대가 덩그러니 놓여 있었다. TV 위에는 한참이나 들여다보고 나서야 꽃이라는 것을 깨달을 수 있는 전혀 이해할 수 없는 그림 한 점이 액자에 담긴 채 걸려 있었다. 그리고 맞은편에는 어른 한 명이 드러누워도 충분할 만큼 널찍한 갈색 가죽 소파와 커다란 결혼사진이 벽에 걸려 있었다.

‘내가 찾아야 하는 사람인가?’

사진 속에서 환하게 웃고 있는 남자를 보던 나는 미간을 찌푸렸다. 인정하고 싶지 않지만 나보다 잘생겼다. 그리고 내가 갖지 못한 것을 두 가지나 가지고 있었다. 젊고 예쁜 마누라와 귀여운 자식까지.

선하게 느껴지는 부드러운 눈매와 세상의 풍파와는 거리가 멀었을 것 같은 남자의 편안한 얼굴을 살피던 나는 여자의 발소리가 가까워지는 것을 느끼고 등을 돌렸다.

“커피 한 잔 드릴까요?”

거절할 이유가 없었다. 게으르기 그지없는 얼음공주가 사무실에 커피 믹스를 사다 놓을 리 없고, 자판기 커피는 이미 질린 지 오래였다. 집 안에 들어설 때부터 은은하게 배어 있던 구수한 커피향을 느끼며 코를 벌름거리고 있던 나는 주저없이 고개를 끄덕였다.

얼마 지나지 않아 여자는 빨간 스웨터를 엣지 있게 걸쳐 입은 곰돌이 푸우가 그려진 머그컵 가득 원두커피를 채워 왔다. 그제야 여자와 나는 탁자를 사이에 두고 마주 앉았다.

“우선 명함부터 받으시죠.”

행운흥신소 사건일지

명함 지갑을 꺼내 명함부터 한 장 건넸다.

남편이 실종된 지 삼 개월. 어린아이와 여자 둘이서 살고 있는 집에 갑자기 들이닥친 불청객인 만큼 아직 이 여자는 불안해하고 있을 것이 틀림없었다. 명함을 받고 신분을 확인하면 조금 안심이 될 것이라는 생각도 있었지만, 솔직히 말하면 어서 빨리 명함을 돌리고 싶었다. 흥신소를 시작하며 큰맘 먹고 명함을 오백 장이나 만들었는데 지금까지 돌린 것은 채 서른 장도 되지 않았으니까. 어쨌든 명함을 나누어주는 소기의 목적을 달성했으니, 이제는 본격적으로 의뢰에 대해 이야기를 나눠야 할 때였다.

"실종되신 분은 남편이십니까?"

"네."

"듣기로는 실종된 지 삼 개월 정도 지난 걸로 알고 있는데. 당연히 경찰에 신고는 하셨겠지요?"

"남편이 집을 나간 후 이틀이 지나도 돌아오지 않기에 경찰에 실종 신고를 냈습니다. 하지만 삼 개월이 지난 지금까지도 특별한 진전은 없는 것 같습니다."

물론 그럴 것이다. 그러니 이렇게 나에게 의뢰를 했을 테지. 하지만 처음 얼음공주에게서 의뢰 내용이 적힌 메모지를 확인하면서부터 이해가 가지 않는 것이 하나 있었다.

"남편분이 실종된 지 이미 삼 개월이 지났습니다. 왜 조금 더 일찍 의뢰를 하시지 않고 지금에서야 하셨습니까?"

"그건… 실종 신고를 했던 만큼 그동안 경찰만 믿고 있었습니다.

사실 남편이 곧 돌아올 것이라 믿었던 마음도 컸고. 죄송합니다.”

실종된 후 시간이 오래 흐르면 흐를수록 찾는 것에 어려움을 겪게 되는 것은 틀림없는 사실이다. 하지만 이 여자를 탓할 마음은 없다. 그리고 내게 죄송해할 필요는 더욱 없다.

솔직히 말하면 고마웠다. 지금이라도 이렇게 내게 의뢰를 해서 우리 행운흥신소의 재정난을 덜어주는 데 일조했으니까.

“저한테 죄송해하실 일은 아닙니다. 이런 실종 사건 하나도 제대로 처리하지 못하는 우리나라 경찰에 문제가 있는 거니까요. 그런데 저희 흥신소는 어떻게 알고 의뢰하셨습니까?”

“우연히 지나가다가 사무실을 봤습니다. 한참 주저하다가 답답한 마음에 결국 전화를 했습니다.”

이번 대답을 듣고 나서는 조금 실망했다. 벌써 행운흥신소의 깔끔하고 믿음직한 일처리에 대한 소문이 이런 한적한 주택가까지 퍼진 건가, 하고 기대한 마음이 없지 않았는데.

뭐, 어쨌든 지금은 그게 중요한 게 아니니까 일단 넘어가기로 했다. 그리고 침울한 눈빛으로 탁자만 노려보고 있는 여자에게 다음 질문을 던지려다가 멈칫했다.

아무것도 모르는 어린아이나 치매에 걸린 노인이 아닌 멀쩡한 남자가 실종되는 경우는 드물다. 굳이 가능성이 있는 경우를 떠올려보면 세 가지뿐이다.

첫째는 단순 실종이다. 눈만 마주치면 잔소리를 하는 마누라와 말은 안 듣고 빽빽 울어대기만 하는 어린 자식이 보기 싫어 그냥 집

  행운흥신소 사건일지

을 나가는 경우로, 쉽게 말하면 가출이다. 하지만 단순 실종의 가능성은 비교적 낮다. 특히나 지금 내 눈앞에 앉아 있는 여자처럼 예쁘고 성격도 차분한 마누라가 잔소리 따위를 늘어놓았을 가능성은 거의 없고, 설사 잔소리를 좀 늘어놓는다고 해도 꾹 눌러 참고 살수 있을 정도로 예쁘니까.

그런 이유로 단순 실종이 아니라는 판단을 내리게 되면 다음으로 생각해 볼 수 있는 것은 자살이다. 어떤 일로 인해서 극심한 스트레스를 받다가 견디지 못하고 스스로 목숨을 끊었을 가능성도 배제할 수 없다. 예를 들면 사채에 손을 댔다가 사채업자에게 시달렸다면 충동적으로 자살을 택했을 가능성도 충분히 있다.

내가 알고 있는 사채업자들만 해도 정말 지독한 놈들이다. 오죽했으면 하나밖에 없는 직원의 월급도 주지 못할 정도로 어렵지만 사채를 쓸 생각조차 하지 못할 정도니까.

그리고 마지막으로 생각할 수 있는 것은 타살이다. 실종된 김정현과 원한이 있는 누군가가 살인을 저지르고 어딘가에 시체를 파묻어버렸을 가능성이다. 물론 삼 개월이 지나도록 시체를 들키지 않게 하는 것은 분명 어려운 일이지만 그렇다고 영 불가능한 일도 아니다.

지방의 이름 모를 야산에 십 미터쯤 땅을 파고 묻어버리면 후각이 무척이나 발달한 경찰견들도 찾아내지 못한다. 그도 아니면 발목에 무거운 쇳덩이를 달아서 바다 속에 빠트려버리면 영원히 찾지 못할 수도 있으니까.

"저기… 혹시 실종되기 전에 남편분이 모종의 일로 힘들어하지는 않았습니까? 그도 아니면 누구에게 원한을 산 적은 없었습니까?"

그래서 이런 질문을 던지는 것은 어려웠다. 결국 이 질문은 여자의 남편이 죽었다는 가정 하에 던지는 셈이니까. 그리고 내가 걱정한 대로 여자는 울음을 터트리기 시작했다. 이래서 내가 이번 의뢰를 맡기 싫었는데.

울고 있는 여자의 눈물이라도 닦아줄까, 하는 생각이 들었지만 아무래도 그건 흥신소 사장이 할 일이 아닌 것 같아 포기했다. 구수한 원두커피 향을 맡으며 나는 여자가 울음을 그치기를 기다렸다.

집 안에 있었지만, 얼굴만 예쁜 것이 아니라 홍윤아라는 예쁜 이름도 가진 이 여자는 비교적 짧은 치마를 입고 있었다. 이걸 레깅스라고 하던가? 속살이 드러나는 검은 색 스타킹보다 조금은 두꺼운 양말 같은 것을 신고 있는 홍윤아의 날씬한 다리가 안 그러려고 해도 자꾸만 눈에 들어왔다.

물론 날씬하게 잘 빠진 다리를 훔쳐보느라 흥신소 사장으로서의 본연의 의무를 망각한 것은 아니었다. 쉽게 울음을 그치지 않고 이야기를 꺼내는 동안 계속해서 눈물을 흘려대고 있는 그녀 때문에 제대로 집중할 수가 없었을 뿐이다. 게다가 방에서 잠시 잠들어 있던 민지라는 아이까지 깨어나 빽빽 울어대는 통에 대화는 진전되지 않았다.

"엄마, 엄마 어딨어?"

잠에서 깨어나 칭얼대기 시작하는 아이의 목소리를 듣자 홍윤아가 내게 난처한 표정을 지었다. 아무래도 오늘 더 이야기를 듣는 것은 무리라는 판단이 서서 나는 미련 없이 자리에서 일어났다. 어차피 커피도 다 마신 후라 아쉬울 것도 없었다.

"오늘 더 이야기를 듣는 것은 무리겠군요. 남은 이야기는 내일 아침에 다시 와서 듣도록 하겠습니다. 살펴볼 것도 좀 있으니까요."

"죄송합니다."

미안한 표정을 짓고 있는 홍윤아에게 괜찮다는 의미로 환한 웃음을 남긴 채 나는 서둘러 홍윤아의 집을 벗어났다.

난 체질적으로 아이를 그다지 좋아하지 않는다. 게다가 분위기 파악도 하지 못하고 빽빽 우는 아이는 더더욱 싫어한다.

집으로 가기 위해 올라탄 지하철 안에서 손잡이를 잡고 서서 홍윤아에게 들었던 이야기들을 머릿속으로 정리하기 시작했다.

'이름은 김정현. 나이는 서른둘. 나랑 동갑인데 벌써 결혼한 지는 오 년, 꽤 일찍 결혼한 편이네.'

김정현은 스물 일곱에 결혼한 셈이었다. 그리고 남자 나이 스물 일곱은 요즘의 세태를 생각해 볼 때 분명히 결혼하기에 이른 나이였다.

어쩌면 속도 위반일지도 몰랐다. 뭐, 하지만 그게 큰 흠이 되지는 않는 세상이 되어버렸다. 혼수라고 좋아한다고까지 하니.

어쨌든 한 가지는 확실했다.

'열렬히 사랑했는가 보군!'

마침 고개를 돌리자 지하철 한구석에서 젊은 남녀가 끌어안은 채 서로의 귀에 뭔가를 속닥이는 모습이 눈에 들어왔다. 찰싹 달라붙어 있는 젊은 남녀를 보던 나는 못마땅한 표정으로 고개를 돌렸다. 아직은 서른 둘, 신체 건장한 남자의 가슴 속에 염장을 지르는 애정 행각을 계속 훔쳐보고 싶은 악취미 따위는 없었다. 그나마 다행인 것은 내가 봐도 훤칠하고 잘생긴 남자와 달리 여자는 키도 작고 못생겼다는 것. 제발 도중에 헤어지지 말고 결혼해서 행복하게 살아라, 그들에게 축복의 주문을 외워준 뒤, 나는 다시 생각을 정리하기 시작했다.

'실종되기 전에 크게 힘들어한 기색은 보이지 않았지만 워낙 말수가 적고 혼자 고민하는 스타일이라 확신할 수는 없다. 성격은 원만한 편이라 누구에게 원한을 살 일은 없고, 사채 따위는 쓰지 않았다고 했지. 그리고 일 년 전까지 멀쩡히 다니던 광고 회사를 갑자기 퇴사했고, 그 후로는 직업이 없었다. 생활은 퇴직금과 실업 수당, 부모님이 남겨준 유산으로 했고, 아이는 아까 보았던 다섯 살 먹은 여자아이 하나. 일단 여기까지가 내가 알고 있는 전부로군.'

평범했다. 아, 물론 멀쩡히 잘 다니던 회사를 갑자기 때려치운 것은 분명히 평범하지 않았지만 요즘은 집에서 할 일 없이 놀고 먹는 백수들이 워낙에 많으니까 크게 문제될 것도 없었다. 어쩌면 파란만장하기 그지없는 내 인생과 비교하다 보니 더욱 평범하게 느껴지는 것인지도 몰랐다.

피식 웃음을 지은 나는 지겹지도 않은지 여전히 달라붙어 있는 젊은 남녀에게 다시 한 번 축복의 주문을 외워주고 나서 지하철을 내렸다.

집에 들어가기 전에 햄버거 가게에 들러 치킨버거를 포장해 왔다. 문을 열고 들어서자 집 안 가득 썰렁한 공기가 맴돌았다. 하지만 이미 익숙해져서인지 불편하지는 않았다. 점퍼도 벗지 않고 거실의 소파에 드러누운 채 습관적으로 TV를 켰다. 이리저리 채널을 돌리다 뉴스를 멍하니 바라보기 시작했다.

저 여자 아나운서 이름이 이지애던가? 물론 직접 만난 적은 한 번도 없다. 그런데도 어느새 옆집 사는 여동생처럼 낯익게 느껴졌다. 지적으로 생긴 여자 아나운서가 경제가 어렵다며 열변을 토해내는 모습을 멍하니 바라보며 포장해 왔던 치킨 버거를 입 속에 구겨넣기 시작했다.

확실히 경제가 어려운 모양이다. 이름도 알 수 없는 공원에서 배식판을 든 채 무료급식을 기다리고 있는 노숙자들이 인터뷰하는 것을 보다가 히죽 웃었다.

그래도 난 저 사람들에 비하면 아직 괜찮은 편이다. 비록 밑에 두고 있는 직원은 하나뿐이지만 이래봬도 사장이니까.

침대가 있는 방 안까지 기어들어가는 것도 귀찮아 나는 그냥 소파에서 잠들어버렸다.

*

 출근 시간은 의뢰가 있건 없건 항상 일정하다.

 정각 8시. 내가 사장인 만큼 출근하기 싫으면 안 해도 상관없지만 썰렁한 집에 혼자 틀어박혀 있고 싶지도 않기에 꼬박꼬박 출근하는 편이다. 적어도 사무실에 나오면 혼자는 아니니까. 물론 사무실에 출근한다고 해도 크게 도움이 되지는 않는다.

 흥신소의 문을 열고 들어서면서 오늘도 안녕하고 반갑게 손을 흔들었지만 우리의 얼음공주는 나와 눈도 마주치지 않았다. 머쓱해진 손을 슬며시 내리며 언제나처럼 후회를 했다. 처음 면접을 봤던 아가씨를 뽑았다면 좋았을 것을 하고.

 비록 얼음공주에 비해 인물은 조금 떨어지지만 참으로 상냥했는데. 그래, 그 아가씨였다면 내가 출근하자마자 따뜻한 원두커피 한 잔을 준비해 내 책상에 올려다 놓았을지도 몰랐다. 사무실에 풍기는 구수한 원두커피향과 함께하는 하루의 시작! 얼마나 멋진가?

 생각만으로도 짜릿해하고 있을 때, 우리의 얼음공주께서 평소와는 달리 아침부터 나를 쏘아보았다.

 "얼마나 받기로 했어?"

 아차. 얼음공주가 쏘아붙이는 말을 듣고서야 생각이 났다. 어제 뭔가 중요한 것을 빼먹었다는 느낌이 들었다 싶었더니 의뢰에 대한 비용을 얘기하지 않았다. 워낙에 서럽게 우는 홍윤아 때문이기도 했고, 명함을 돌리고 나서 소기의 목적을 달성했다고 방심한 나

　　　　　　　　　　행운흥신소 사건일지

의 건망증 때문일 수도 있었다. 물론 날씬하고 쭉 뻗어 있던 홍윤아의 다리도 그에 못지않은 큰 요인이었다는 것을 부인하지는 않겠다.

"의뢰 비용에 대해서는 오늘 오전에 가서 다시 말하기로 했어."

생각나는 대로 대충 둘러댔지만 역시 얼음공주에게는 씨도 먹히지 않는 변명이었다.

"예뻤나 보지?"

팔짱까지 끼고서 노려보는 얼음공주 때문에 말문이 막혔다. 여자의 직감이 무섭다는 말은 틀린 말이 아니었다. 오해라며 괜히 언성을 높여 봤지만 그렇다고 겁먹을 얼음공주가 아니었고 날 노려보는 시선만 더욱 싸늘하게 변했다.

이대로 사무실에 계속 있다가는 숨이 막힐 것 같아서 서둘러 사무실 밖으로 나왔다. 직원이 무서워 사무실에서 도망치는 사장이라니. 아무리 생각해도 난 너무 불쌍한 사장이다.

어제 약속한 대로 다시 홍윤아의 집으로 향했다. 그리고 홍윤아는 얼음공주와는 비교할 수 없을 만큼 따뜻하게 나를 맞아주었다. 환한 웃음을 지어주는 것은 물론이고, 손수 따뜻한 원두커피까지 끓여 주었다.

민지라는 이름을 가진 여자아이가 어린이집으로 가고 난 다음이라서 그럴까? 어제 찾아왔을 때와 집 안이 딱히 달라진 것은 없었지만, 왠지 어제와는 비교할 수 없을 정도로 차분한 느낌이 들었다.

　원두커피 한 잔씩을 들고서 탁자 앞에 마주 앉아 있으니 갑자기 우리가 부부 같다는 생각이 들었다. 하나뿐인 아이를 어린이집에 보내고 조용해진 집 안에서 커피 한 잔의 여유를 즐기는 젊은 부부. 집 안 가득 퍼져 있는 구수하고 부드러운 원두커피의 향과 변함없이 날씬한 홍윤아의 다리를 힐끔 훔쳐보다 보니 상상이 끝도 없이 이어졌다.

　아이를 어린이집에 보내고 두 사람밖에 남지 않은 집 안에서 젊은 부부가 할 일은 많지 않다. 불륜이 주제인 뻔한 막장 드라마를 보느니 차라리 둘이서 직접 드라마 한 편을 찍는 것이 낫다.

　상상 속에서 어느새 홍윤아가 입고 있는 스웨터와 레깅스를 벗긴 후 아무렇게나 내팽개치고서 거실 바닥을 뒹굴고 있던 나는 그녀가 입을 열고 나서야 응큼한 상상에서 깨어났다.

　"남편이 근무하던 광고 회사의 명함입니다."

　〈아름다운 사람들〉. 자그마한 광고 회사라는 느낌이 물씬 풍기는 회사명 아래에 과장이라는 직책과 김정현이라는 이름, 그리고 휴대전화 번호와 사무실 번호가 나란히 적혀 있었다.

　"휴대전화 위치 추적은 해 보셨습니까?"

　명함을 받자마자 질문을 던졌다. 요즘 휴대전화에는 수많은 기능이 있다. 나름 젊은 감각을 유지하기 위해 노력하는 나로서도 휴대전화에 내장되어 있는 수많은 기능들 중 절반도 제대로 이용하지 못할 정도로. 그리고 그 수많은 기능들 중에는 휴대전화를 가지고 있는 사람의 위치를 추적할 수 있는 기능도 있었다. 하지만 홍윤아

　　　　　　　　　　　　　　행운흥신소 사건일지

는 대답 대신 서랍을 열고 휴대전화를 꺼냈다.

"남편 겁니다. 휴대전화도 집에 두고 사라졌습니다."

그 휴대전화를 본 후 가장 먼저 떠오른 생각은 전화도 챙기지 못할 정도로 급한 일이었나 하는 생각이었다. 하지만 어제 홍윤아의 이야기로는 김정현이 담배를 사러 간다며 간단한 체육복 차림으로 나갔다고 했으니 딱히 그런 것 같지도 않았다.

"휴대전화는 제가 잠시 보관하고 있겠습니다. 그리고 남편분이 사용하던 서재가 있다고 하셨지요?"

"네, 자주 사용한 편은 아니었지만."

"좀 살펴볼 수 있을까요?"

"따라오세요."

들고 온 서류 가방에 김정현의 휴대전화를 넣은 후 나는 홍윤아의 안내를 받아 김정현이 서재로 사용했다는 방으로 움직였다.

서재로 들어서자마자 나는 깜짝 놀랐다. 김정현이 사용하던 서재에는 한쪽 벽을 꽉 채운 큰 책장이 놓여 있었다. 그 커다란 책장에는 수백 권의 책들이 가지런히 꽂혀 있어서 흡사 대형 서점의 한 코너에 있는 것 같은 착각이 들 정도였다.

"김정현 씨는 책을 무척 좋아하셨나 봅니다."

"그런 편이었습니다. 하지만 이 책들을 모두 남편이 산 것은 아닙니다. 돌아가신 시아버님께서 보시던 책들이 태반입니다."

"그래요? 김정현 씨의 부모님은 모두 돌아가셨습니까?"

"네, 이 년 전에 교통사고로 두 분 모두 돌아가셨습니다. 우리 민지를 참 귀여워해 주셨는데."

"안타까운 일이군요."

밥 한 번 같이 먹은 적 없는 사람의 부모가 죽었다는 사실에 진심으로 안타까워할 정도로 내 오지랖이 넓지는 않았다. 건성으로 대답하며 슬쩍 책장에 꽂혀 있는 책들의 제목을 훑어보았다. 가장 먼저 눈에 띈 것은 나도 어디선가 들어보았던 제목의 책들이었다.

《20대에 하지 않으면 후회할 39가지》,《30대에 하지 않으면 후회할 49가지》,《40대에 하지 않으면 후회할 59가지》…….

나도 모르게 웃음이 났다. 대체 살아가면서 해야 할 일들이 뭐가 이렇게 많은지. 게다가 나이가 들면 들수록 해야 할 일이 점점 더 늘어나니 인생이 어찌 피곤하지 않을 수 있을까. 하지만 굳이 저 책들이 시키는 대로 살지 않아도 충분히 멋진 인생을 살 수 있다. 그리고 내가 그 훌륭한 예다. 이래 봬도 사장이니까.

저 책들이 시키는 대로 다 하고 살다가는 제명에 못 죽을 것이라는 시덥잖은 생각과 함께 다른 책들을 살폈다. 여러 장르의 소설책들이나 처세술에 관한 서적들까지.

대충 훑고 지나가다 보니 또 몇 권의 책이 눈에 띄었다.

《포토샵 완벽 성공 비법》,《당신도 포토샵으로 성공할 수 있다》,《이것만 알면 당신이 포토샵의 진정한 강자다》…….

포토샵이라……. 아무래도 김정현은 회사를 그만둔 후 사진관을 열 생각이었던 듯했다. 결국 그 꿈을 이루지 못하고 실종되고 말았지만. 그래도 가족들을 위해서 새로운 사업을 준비하고 있었다는

 행운흥신소 사건일지

이야기를 꺼내려다 그냥 입을 다물었다. 홍윤아도 책장을 정리하며 이 책들을 보지 못했을 리 없으니까.

책장에 꽂혀 있는 책들에 대한 흥미가 사라지자 책상 위에 놓여 있는 컴퓨터 쪽으로 시선을 던졌다. 그런 내 시선을 느낀 듯 홍윤아가 컴퓨터 앞으로 다가와 본체의 전원을 켰다.

"남편이 사용하던 겁니다."

"남편이 실종된 이후에 사용하신 적이 있습니까?"

"부끄러운 이야기지만 저는 컴퓨터를 사용할 줄 모릅니다."

컴맹은 부끄러운 것이 아니다. 컴퓨터라는 새로운 문명의 이기에 관심이 없을 뿐이지, 그게 부끄러워할 일은 절대 아니었다. 얼굴까지 붉게 물들인 채 모기만 한 목소리로 대답하는 홍윤아를 보니 감정 표현이 풍부한 여자라는 것은 확실했다.

자동차 시동이 걸리는 것처럼 우렁찬 소리와 함께 전원이 켜지는 컴퓨터의 본체를 보며 머리를 긁적였다. 삼팔육? 아니면 사팔육? 요새 한창 나오고 있는 듀얼 코어니 쿼드 코어니 하는 조용하고 빠른 컴퓨터는 확실히 아니었다.

전원을 켜고 일 분 가까운 시간이 흘렀는데도, 모니터에는 여전히 아무것도 나타나지 않았다. 컴퓨터가 돌아가면서 내는 우렁찬 소음을 들으며 잠시 더 기다리다가, 나는 기어들어갈 듯한 목소리로 한마디 더했다.

"조금도 부끄러워하지 마세요. 저도 컴맹이니까요."

젠장, 모니터의 전원 켜는 것을 깜박했다.

바탕화면은 깨끗했다. 따로 만들어 놓은 폴더도 보이지 않았고, 만약에 있다고 하더라도 구석에 숨겨 두었다면 쉽게 찾기 어려울 터였다.

휴지통 폴더도 아주 깔끔하게 비워진 것을 확인한 후 더 찾는 것을 포기하고 인터넷 창을 열었다. 즐겨찾기 목록을 살펴보면 평소에 자주 찾아가는 사이트에 대한 정보가 나올지도 모르니까. 하다 못해 취미 생활을 위해 자주 들어가는 야동 사이트라도.

하지만 이번에도 역시 깨끗했다. 혹시나 실종된 김정현이 내가 석 달 전에 가입한 야동 사이트의 회원이지 않을까 했던 나의 자그마한 기대는 금세 무너졌다.

그러고 보니 자주 들르던 야동 사이트에 접속한 지도 꽤나 오래되었다. 그사이 우량 고객인 나를 위해 새롭고 자극적인 동영상이 업데이트 되었을지도 모른다는 생각에 당장이라도 방문해 보고 싶다는 욕구가 불끈 솟았지만, 이미 네 시커먼 마음 속을 다 알고 있다는 듯 뚫어져라 모니터를 쳐다보고 있는 홍윤아 때문에 깔끔하게 포기했다. 아무래도 내가 가입한 야동 사이트의 업데이트 내역은 집에 돌아가서 확인해야 할 듯했다.

쓸 만한 정보는 미리 없애버린 듯 너무나 깨끗한 컴퓨터에서 확인할 수 있는 것이 끝났다는 생각에 의자에서 일어나던 내 시선이 다시 책장으로 향했다. 홍윤아의 차분한 성격을 드러내듯 책장은 깔끔하게 정리되어 있었다. 그런데 책장의 다른 칸과는 달리 세 번째 칸에 그리 두껍지 않은 책 한 권이 비집고 들어갈 수 있을 만큼의 빈틈이 눈에 띄었다.

그래, 아까부터 책장에서 느껴지던 왠지 모를 위화감은 저것 때문이었다. 완벽하게 정리된 책장에서 단 한 곳만 빈틈이 있다는 것은 분명히 묘한 위화감을 주기에 충분했다.

"책이 한 권 비는 것 같네요."

책장의 세 번째 칸을 바라보며 던진 질문에 홍윤아는 또 얼굴이 붉게 달아오르며 희미하게 고개를 끄덕였다.

"전에는 빈틈이 없었는데… 실종되기 전에 남편이 누군가에게 책을 한 권 빌려줬나 봐요. 남편이 실종된 후에는 서재에 손을 댄 적이 없거든요."

김정현이 실종된 이후, 서재에 손을 댄 적이 없다는 말은 사실인 것 같았다. 모니터와 키보드 위에 먼지가 뿌옇게 쌓여 있었고, 바닥에 설치되어 있는 본체 옆에도 자질구레한 쓰레기들이 뒹굴고 있었다.

"무슨 책인지는 모르시나요?"

"네… 잘…."

이 여자, 아무리 봐도 감정 표현이 너무 풍부하다. 별것도 아닌 일에 이렇게 자꾸 얼굴이 붉어지는 것을 보니. 붉게 물들어 있는 얼굴을 힐끔거리다 보니 혹시 나를 좋아하는 게 아닐까, 하는 생각이 들었다. 그러자 또 상상의 영역을 넘어선 망상의 세계가 열리기 시작했다.

비록 결혼을 한 유부녀이고 아이까지 하나 있지만 아직 아름다우니까 충분히 사랑할 수도 있을 것 같았다. 애가 하나 있다는 게 흠이기는 하지만 친자식처럼 키우면 되고, 엄마의 반대쯤이야 뚝심으로 밀고 나가면 되고. 어느새 홍윤아와 결혼식장에서 신랑 입장을 하던 나는 하객들 사이에 서 있던 얼음공주가 보내고 있는 싸늘한 눈빛 덕분에 겨우 망상에서 깨어났다.

정신 차리자! 찰싹 소리가 나게 뺨을 때린 나는 더 이상 서재에서 할 일이 남아 있지 않았기에 이번에는 두 사람이 사용하던 침실로 걸음을 옮겼다. 꽤나 널찍한 침대와 가지런히 놓여 있는 두 개의 베개를 살펴보다 보니 또 망상의 세계가 열리기 시작했다. 밤꽃 향기가 풍긴다는 느낌에 코까지 벌렁거렸고.

"혹시 이상한 냄새라도?"

"아니요. 그럴 리가요."

의아한 표정을 지은 채 질문을 던지는 홍윤아를 마주보기가 어려웠다. 역시 야동을 너무 많이 봤다. 자위를 하다 엄마에게 들킨 초등학생처럼 혼자 얼굴이 벌게진 채, 나는 도망치듯 홍윤아의 집을 벗어났다.

*

홍윤아를 만나 김정현에 대해서 여러 가지 이야기를 들었지만 그의 실종과 관련된 결정적인 단서는 없었다. 특별히 다른 사람에게 원한을 살 만큼 모진 성격도 아닌 듯했고, 어떤 위험한 일에 휘말린

 행운흥신소 사건일지

것 같지도 않았다.

　물론 실망하지는 않았다. 하나씩 하나씩 조사하다 보면 분명히 뭔가 실마리가 나올 것이다. 그리고 지금 내가 가진 유일한 단서는 김정현이 다니다가 그만둔 광고 회사의 명함뿐이기에 거기서부터 시작하기로 했다.

　김정현이 다녔던 〈아름다운 사람들〉이라는 광고 회사는 내 예상대로 그리 크지 않았다. 오랜만에 아침부터 돌아다녔기에 배가 출출했다. 슈퍼마켓에서 산 딱딱한 빵으로 대충 점심을 때우면서 대성빌딩이라는 허름한 빌딩 삼 층 구석에 위치한 광고 회사를 살피던 나는 우유를 마저 마신 후 주저하지 않고 올라갔다.

　가만히 기다리고 앉아서 입을 벌리고 있다고 해서 떨어지는 감은 없다. 미친놈처럼 쉬지 않고 움직이다 보면 하다못해 바닥에 떨어진 감이라도 주워 먹을 수 있다는 것을 나는 잘 알고 있었다.

　"어떻게 오셨어요?"

　호기롭게 문을 열고 사무실로 들어서자 무척이나 귀엽게 생긴 젊은 아가씨가 눈을 동그랗게 뜨고 내게 물었다. 그러고 보니 사무실 안에 앉아 있는 사람들이 모조리 경계하는 눈초리로 나를 바라보고 있었다. 하긴 갑자기 들이닥친 낯선 사람에게 호의를 보이는 이는 별로 없을 것이다.

　아마도 직원들은 나를 잡상인이나 보험 판매원이 아닐까 하는 생각을 하고 있을 것이 틀림없었다. 물론 나는 잡상인이나 보험 판매

원이 아니다. 행운흥신소의 사장이라는 번듯한 직함이 있는 사람이다.

이 사람들한테도 명함을 한 장씩 돌릴까 하는 욕망이 솟구쳐 올랐지만 간신히 참고서 잔뜩 목소리를 깔았다. 적어도 잡상인처럼 보이지는 않아야 하니까.

"김정현 과장님을 찾아왔습니다."

입을 뗸 후 사람들의 표정을 슬쩍 살폈다. 왜지? 경계하는 눈초리가 조금 더 강해졌다.

"그런 분은 안 계신데…."

아직 입사한 지 얼마 되지 않아 보이는 이 귀엽고 젊은 아가씨는 빼고.

"어떻게 찾아오셨습니까? 김정현 씨는 퇴사했는데요."

넥타이를 삐뚤게 맨 사내가 여전히 경계하는 눈초리로 대답하는 것을 보며 속으로 혀를 끌끌 찼다.

서른 다섯? 아니면 여섯? 소갈머리가 슬슬 드러나는 것이 머지않아 가발 회사의 도움을 받아야 할 것이 틀림없는 사내는 노총각 냄새를 풀풀 풍겼다. 다림질도 하지 않고 며칠이나 입은 것처럼 보이는 때가 긴 와이셔츠며, 칼날같이 잡힌 주름은커녕 주름의 흔적조차 찾아볼 수 없는 구겨진 양복 바지까지.

더 늦어서 완전히 대머리로 변신하기 전에 일찌감치 결혼정보회사를 찾아가보라는 충고를 하려다 간신히 참고 조금 놀란 표정을 지었다.

“그래요? 이런 곤란한데.”

“실례지만 퇴사한 김정현 과장과는 어떤 관계이십니까?”

조심스레 묻는 사내를 향해 속으로 소리쳤다. 어떤 관계는 무슨, 생판 모르는 관계지. 하지만 그렇게 말할 수는 없는 노릇이었다.

“예전에 그 친구에게 큰 신세를 진 적이 있습니다. 언젠가 빚을 갚아야지 하고 생각하고 있었는데 마침 기회가 찾아와서. 사실 이번에 제가 식당을 몇 군데 개업하게 되었거든요. 그 친구가 광고 회사에서 근무한다는 얘기를 했던 것이 기억나서 간판과 전단지를 좀 부탁하려고 찾아왔습니다.”

“아, 그렇습니까? 그럼 일단 좀 앉으시지요. 서주희 씨, 뭐 해? 여기 손님 드릴 커피 한 잔 가져오지 않고.”

내게서 돈냄새를 맡자 경계의 눈초리는 순식간에 사라졌다. 친절하게 의자까지 빼주기에 사양하지 않고 털썩 주저앉자, 얼굴은 귀엽고 몸매는 아주 착한 서주희라는 아가씨가 타준 믹스 커피도 내 앞에 놓여졌다. 그리고 그때, 사무실 안쪽의 문이 열리며 또 한 명이 모습을 드러냈다.

뭐야, 저 대머리 독수리는? 날 언제 봤다고 실실 웃으며 반갑다는 둥, 잘 생기셨다는 둥 헛소리를 해대는 대머리 독수리의 정체는 이 광고 회사의 사장이었다.

“그래, 무슨 일로 찾아오셨습니까?”

앉자마자 또 헛소리를 하고 있는 대머리 독수리를 보며 속으로 혀를 찼다. 아까 문틈으로 엿듣고 있는 것을 다 봤는데 시치미를 뚝

떼고 다시 묻고 있었다. 이유 없이 얄미웠지만 친절하게 다시 대답해 주었다. 그다지 어려운 일도 아니고 맛있는 커피도 한 잔 얻어먹었으니까.

"제가 이번에 식당을 몇 개 개업하게 되었는데 간판과 전단지를 부탁하려고 찾아왔습니다."

"아, 그러십니까? 그렇다면 정말 잘 찾아오셨습니다. 저희 회사가 그쪽 방면에는 일가견이 있지요."

"그렇습니까?"

"그럼요. 그런데 이번에 개업하시는 식당이 몇 개나?"

"일단은 일곱 개 정도입니다. 체인점 형태지요."

대머리 독수리가 감동한 표정을 지었다.

"젊은 나이에 크게 성공하셨군요."

그래, 감동하는 것은 상관없다. 하지만 감동을 하려면 혼자 하지 남의 손은 왜 움켜쥐는 건지 모르겠다. 아무래도 화장실 갔다가 씻지도 않은 손 같은데.

"김정현 씨가 계속 근무했다면 이곳에 맡기려고 했는데. 아쉽습니다."

대답하면서 점잖게 잡힌 손을 빼려고 했는데 대머리 독수리는 내 손을 놓아줄 생각이 없었다. 오히려 애정을 표현하듯 더욱 힘주어 움켜쥐었다.

"아니, 이거 왜 이렇게 성격이 급하십니까? 아직 식사 전이시죠? 여기까지 오셨는데 저희와 식사나 함께하시지요."

　　　　　　　　　　　행운흥신소 사건일지

“글쎄요.”

“제가 대접하겠습니다. 이봐, 다들 왜 꾸물거리고 있어? 귀한 손님 오셨으니 어서 점심 먹으러 가자고.”

“그럼 그럴까요?”

벽시계를 힐끗 바라본 대머리 독수리가 절실한 표정으로 꺼내는 제안을 못 이긴 척 받아들였다. 공짜밥을 마다할 내가 아니다. 그리고 난 아직 여기서 볼일이 끝나지 않았다.

〈아름다운 사람들〉이라는 자그마한 광고 회사에 근무하는 직원은 사장까지 포함해서 모두 다섯이었다.

우선 식당에 와서까지 내 옆에 찰싹 달라붙어 있는 사장인 대머리 독수리의 이름은 강철수였다. 나이는 쉰 하나. 동갑내기 부인과 대학생 아들 하나, 고등학생 딸 하나가 있지만 모두 외국에 나가 있는 전형적인 기러기 아빠였다. 그의 가족 내력과 상황 얘기를 듣고 나니 내 옆에 찰싹 달라붙어서 재미도 없는 이야기를 필사적으로 꺼내는 것이 이해가 갔다.

요즘은 환율이 많이 올랐다. 뉴스나 신문이나 그 얘기로 날마다 난리법석을 떨 정도니까. 그리고 환율이 오르는 것은 기러기 아빠에게는 무척이나 힘든 일이다. 뭐, 어쨌든 내 음식에 침만 튀기지 않는다면 귀가 아플 정도로 시끄럽게 떠드는 것은 참을 만했다.

내 맞은편에 앉아 있는 사내는 머지않아 가발 회사로 찾아갈 것이 틀림없는 영업을 맡고 있는 윤재원 과장이다. 나이는 서른 셋.

불행히도 생각보다 일찍 대머리 징후가 보이는 자였다.

아까 내 예상과 달리 이미 결혼을 했다고 했다. 아무래도 마누라가 살림에 지독히 무관심하거나, 아니면 모종의 이유로 별거하고 있는 것 같다. 어차피 남의 집 가정사니까 그것까지 내가 신경쓸 일은 아니지만. 그나저나 그는 출세욕이 가득해 보인다. 재미가 하나도 없는 대머리 독수리의 이야기를 들으면서 박장대소하며 엄지손가락까지 추켜세우는 것으로 봐서.

그리고 그 옆에 앉은 사내는 디자인을 담당하고 있는 장동식 과장. 나이는 서른 하나. 미적 감각이 필요한 디자인을 담당하고 있어서인지 옷차림도 윤재원 과장과는 달리 세련된 편이다. 와이셔츠도 빳빳하게 줄이 서 있는 것을 보니 결혼한 것 같다. 안경 사이로 드러난 눈매는 비교적 날카롭지만 출세욕은 윤재원 과장만큼 없는지 대머리 독수리의 재미없는 이야기에 크게 호응하지 않았다.

그런 장동식 과장의 옆에는 배가 고픈지 탁자 위에 놓여진 밑반찬을 쉬지 않고 주워 먹고 있는 구지순 대리가 앉았다. 나이는 스물일곱. 체중은 말해주지 않아 모르겠지만 어림짐작으로 족히 백킬로그램은 넘을 것처럼 뚱뚱했다. 당연히 미혼이고 출세욕은 좀 있는 듯하다. 쉬지 않고 밑반찬을 주워 먹는 와중에 짬을 내서 사장의 재미없는 농담에 싱글싱글 웃고 있는 것을 보니까. 아, 이건 정정한다. 출세욕이 아니라 그저 잘리지 않기 위해 발악하는 것 같다.

그리고 마지막으로 대머리 독수리와 함께 내 옆에 앉아 있는 서주희. 나이는 꽃다운 스물 셋이고, 체중은 모르겠지만 확실한 것은

행운흥신소 사건일지

날씬하다. 조금 말랐다는 느낌이 들 정도로 날씬한데도 불구하고 가슴과 엉덩이는 신기할 정도로 충분히 발달했다.

만져 보지 않아 확신할 수는 없지만 아무래도 신체사이즈는 34-24-33 정도. 그리고 나를 바라보는 눈빛이 초롱초롱하다. 얼음공주를 확 잘라버리고 우리 회사로 스카웃하고 싶다는 생각이 들 정도로 내게 호감을 드러내고 있다. 하긴 칙칙하기 그지없는 회사의 남자 직원들만 보다가 나처럼 멋진 남자를 만났으니 눈빛이 초롱초롱 빛나는 건 당연할 터였다. 젠장, 아닌가? 주문한 삼계탕이 등장하자마자 눈빛이 더욱 초롱초롱하게 변하는 것을 보니 내 생각이 틀렸을지도 모르겠다.

"저희만 믿고 맡기세요. 우리 장과장이 실력도 있고 경험도 풍부합니다. 간판과 전단지 모두 마음에 드시게 만들어 드리겠습니다."

"그럼요. 장과장 실력이야 이 바닥에 소문이 쫙 났지요. 장과장 잘해 드릴 수 있지?"

"최선을 다하겠습니다."

아주 셋이서 신이 났다. 떡 줄 사람은 생각도 안 하는데.

뭐, 어쨌든 상관없다. 지금까지 대머리 독수리의 재미없는 이야기를 들어주었으니 이제부터는 내 용무를 볼 시간이다.

"그런데 김정현 씨는 왜 회사를 그만두었습니까?"

내가 질문을 던지자마자 쉬지 않고 수저를 사용하고 있던 사람들의 움직임이 거의 동시에 멈추었다. 거의 완벽한 몸매의 서주희만 빼고.

‘뭔가 수상한데!’

슬쩍 표정을 살피니 모두 약속이나 한 듯 표정이 굳어져 있었다. 속으로 빙고라고 소리치며 쾌재를 불렀다. 그 굳어진 표정을 확인하자 김정현의 실종과 〈아름다운 사람들〉의 직원들 사이에는 분명 관계가 있을 것이라는 확신이 생겼다. 물론 아직 이 중에 어떤 사람과 관련이 있는지는 알 수 없지만. 아니면 이들 모두가 관련이 있을지도 몰랐다.

“김정현 씨는 희망 퇴직했습니다.”

“희망 퇴직요?”

희망 퇴직, 말 그대로 자신이 원해서 그만두었단 뜻이다. 뭔가 구린내가 심하게 풍기기 시작했다. 요즘 같은 불경기에 멀쩡히 잘 다니고 있는 직장을 그만두고 싶어서 안달 난 사람이 누가 있을까?

물론 그만두기 전에 먹고 살 대책을 미리 마련해 두었다면 가능성이 있었다. 하지만 김정현은 회사를 그만둔 후 일 년간 재취업을 하지 못했다. 그래서 실업수당을 타서 근근이 생활을 영위했고.

“제가 아는 김정현 씨는 무척이나 꼼꼼한 사람이었는데. 그런 만큼 유능한 직원이었을 것 같은데 아닙니까?”

“말씀처럼 꼼꼼하고 성실했습니다. 그래서 어떻게든 붙잡고 싶었지만 회사를 그만두겠다는 그 친구의 뜻이 워낙 강해서.”

웃기는 소리다. 붙잡기는커녕 당장 짐 싸서 회사를 나가라고 머리에 핏대를 세우며 소리쳤을 대머리 독수리의 모습이 눈앞에 선하게 그려졌다. 뭔가 마음에 걸리는 것이 있는 듯 대머리 독수리가 머리를 긁적이자 눈곱만 한 비듬이 삼계탕 안으로 떨어졌다. 관찰력이 뛰어난 내가 그것을 놓칠 리 없다. 그것을 아는지 모르는지 대머리 독수리는 삼계탕 국물을 맛있게 떠 먹었다.

헉, 설마 나만 본 건가? 모두 맛있게 자신의 앞에 놓인 삼계탕 국물을 떠 먹고 있었다. 이거 생각보다 강적들인지도 모르겠다. 적어도 비위 하나만큼은.

"왜 안 드십니까? 더 드시죠!"

이걸 더 먹어야 하나에 대해서 심각하게 고민하고 있을 때, 대머리 독수리의 침이 내 삼계탕 안으로 들어갔다. 절로 입맛이 싹 사라졌다. 그래서 미련없이 자리에서 일어났다. 이미 삼계탕에 들어 있는 영계의 부드러운 살은 모두 뜯어먹은 후였으니, 딱히 미련이 남을 것도 없었다. 게다가 김정현에 대한 이야기가 나올 때마다 모두 합심해서 입을 다무는 것으로 보아 더 얻을 수 있는 것도 없는 듯 보였다.

왜 벌써 일어나느냐고 붙잡는 대머리 독수리에게 약속이 있는 것을 깜박했다고 대충 둘러대자 명함이라도 한 장 달라고 난리다. 물론 명함 주는 것은 문제도 아니다. 나도 명함을 뿌리고 싶어서 안달이 난 사람이니까.

그렇지만 안타깝게도 행운흥신소의 명함을 건넬 수는 없었다. 아직 식당을 오픈하지 않아 명함이 없다는 그럴 듯한 핑계와 함께 휴대전화 번호만 알려주었다. 아까운 점심값만 날린 것이 아닌가 싶어 불안한 표정을 짓고 있는 대머리 독수리에게 안심하라며 웃음을 지어주었다. 그리고 대머리 독수리의 걱정은 실제로 공연한 것이었다. 아직 〈아름다운 사람들〉의 직원들에 대한 나의 조사는 끝나지 않았다. 아니, 이제부터가 시작이다.

*

사무실로 돌아오자마자 책상 서랍을 열었다. 내 책상 서랍 안에는 일반인들이 보면 눈이 휘둥그레질 만큼 신기한 물건들이 많이 들어 있다. 한참을 뒤적여서 그중 몇 가지를 챙긴 내가 다시 사무실을 나가려 하자 얼음공주가 사무실 문을 막아섰다.

뭐야, 아무리 월급이 밀렸다고 해도 그렇지, 이제 사장을 감금이라도 하려는 건가? 혹시 자신이 악덕 사채업자라고 착각하고 있는 건 아닌가 하는 생각에 다시 한 번 얼음공주의 위치는 어디까지나 직원이라고 말해 주려는 찰나였다.

"얼마 받기로 했어?"

아차, 또 깜박했다. 야릇한 상상만 하다가 급하게 나오는 바람에 의뢰 비용에 대해서 이야기하는 것을 또 깜박하고 말았다. 이번엔 뭐라고 변명해야 할까 고민하는 내게 얼음공주가 한심하다는 시선으로 나를 바라보며 말했다.

"그럴 줄 알았지. 어지간히 예쁜가 보지? 정신을 못 차릴 정도로?"

"그게 아니라…."

“변명은 됐고 전화가 걸려왔기에 내가 의뢰 비용에 대해 말했어. 착수금으로 이백, 성사되면 오백 더 받기로.”

“착수금 이백에 성사금 오백? 그건 너무 많잖아. 그렇게 많이 받으면 국세청에서 감사 나올지도 몰라.”

국세청의 높으신 양반들이 행운흥신소 같은 영세 업체까지 신경을 써서 특별 세무 감사를 나올 확률은 로또 1등에 당첨될 확률보다 낮다. 그리고 얼음공주는 역시 내 어이없는 협박에 코웃음도 치지 않았다.

국세청 직원은 잘 생겼을까, 라는 한심한 말을 늘어놓은 얼음공주는 할 말이 끝났다는 듯 다시 자신의 자리로 돌아가 도도하게 손톱을 다듬기 시작했다. 그러다 금세 지겨워졌는지 담배를 꺼내 물었다. 라이터가 없어졌는지 가방을 뒤지고 있는 얼음공주의 코앞으로 공손하게 나는 라이터 불을 켜주었다.

깊은 숨소리와 함께 뿌연 담배 연기가 천장으로 올라갔다. 구름 도너츠라도 하나 만들어주면 더 보기 좋을 텐데…. 사무실 안에는 버젓이 금연이라는 문구가 붙어 있었지만, 지금 그딴 것은 전혀 중요하지 않았다. 우리의 얼음공주는 이번 사건에 대한 의뢰 비용으로 총 칠백만 원이나 되는 거금을 받아낸 훌륭한 직원이니까.

“갔다 올게.”

“가던지 말던지.”

얼음공주도 기분이 좋은 듯 보인다. 내 인사에 이렇게 성의 있게 대답해 주는 것을 보니. 기분 좋게 사무실 밖으로 나온 나는 다음 계획을 준비했다.

〈아름다운 사람들〉의 직원들은 모여 있을 때는 약속한 듯이 절대 김정현에 대해서 입을 열지 않았다. 그래서 방법을 바꾸기로 했다. 다음 작전은 각개격파다.

〈아름다운 사람들〉에 근무하고 있는 직원들의 명함은 모두 받아두었다. 그중 내 각개격파 작전에 처음으로 오른 리스트가 윤재원 과장이다.

회사 전화가 아니라 명함에 적혀 있던 휴대전화로 연락을 해서 계약 때문에 할 이야기가 있으니 다른 사람에게는 알리지 말고 혼자서 나오라고 부탁하자 윤재원은 마치 비밀 작전을 수행하는 특수 요원처럼 목소리를 잔뜩 낮추어 알았다고 대답했다.

그로부터 정확히 삼십 분 후, 회사 근처에 있는 커피숍에서 그를 만났다.

"계약하기로 하신 겁니까?"

"우선 차부터 시키시죠."

자리에 앉자마자 질문을 던지는 윤재원은 무척 다급해 보였지만 칼자루를 움켜쥐고 있는 나는 급할 것이 전혀 없었다.

종업원에게 주문을 한 뒤 각지를 끼는 윤재원을 보고서야 입을 뗐다.

"물론 윤과장님을 만나고자 한 것은 계약 문제 때문이 맞습니다. 그런데 조금 곤란한 문제가 있어서…."

　　　　　　　　　　　　　　행운흥신소 사건일지

“말씀하시죠.”

“사실은 제가 예전부터 거래하고 있던 업체가 있습니다.”

“그렇습니까?”

내 말이 떨어지기 무섭게 순식간에 표정이 급격하게 어두워지는 윤재원을 보며 속으로 비웃었다. 영업을 하는 사람의 생명은 포커페이스다. 그래서 영업 사원은 도박사라고 해도 무방하다. 내 패를 숨기고 상대의 패를 정확히 읽어야 하는데, 이 멍청한 놈은 자신의 패를 오픈한 채 도박을 하고 있다.

뭐, 지금 마주 앉아서 도박을 하고 있는 내 입장에서는 나쁠 것이 없다. 〈아름다운 사람들〉의 사장인 대머리 독수리 입장에서는 속에 열불이 터지겠지만 거기까지는 내가 신경 쓸 바도 아니고.

“이번에 〈아름다운 사람들〉과 계약하려고 했던 것은 아까도 말씀드렸듯이 김정현 씨 때문입니다.”

“하지만 김정현 씨는 이미 퇴사한 상황이라.”

“친하셨습니까?”

“네? 갑자기 그런 질문은 왜?”

영업 사원으로는 빵점이지만 그래도 바보는 아니다. 자기 방어 본능은 가지고 있으니까. 하지만 상관없다. 저 자기 방어 본능을 벗겨내는 것이 내 직업이다.

“사실 아까 회사를 찾아갔다가 마음이 조금 바뀌었습니다. 비록 김정현 씨는 이미 퇴사하고 없지만 김정현 씨의 친한 동료분들이 계신 곳에 이번 일을 맡기는 것도 나쁘지 않겠다는 생각이 들더군요.”

“그거 듣던 중 반가운 소리입니다.”

“그래서 질문 드린 겁니다. 친하셨습니까?”

“그게 뭐… 비교적 친한 편이었습니다.”

거짓말이라는 것이 뻔히 보인다. 점심을 먹을 때 대머리 독수리 사장에게 충성을 다하는 것만 보더라도 윤재원은 승진과 성공에 대한 욕심이 강했다. 그리고 요즘 같은 불경기에 나와 계약을 성사시키면 회사에서의 입지가 탄탄해지는 것은 불을 보듯 뻔했다. 그것을 모를 리 없음에도 선뜻 대답하지 못하고 한참이나 우물쭈물 했다는 것은 별로 친하지 않았다는 것을 의미하기에 충분했다.

“그러셨군요. 그럼 예전에 김정현 씨가 어땠는지 좀 들을 수 있습니까?”

“김정현 씨는… 디자인 쪽 업무를 맡았습니다.”

“장동식 과장님도 디자인을 한다고 하지 않았습니까?”

“아, 장과장은 김정현 씨가 퇴사한 후에 새로 입사했습니다.”

“그래요?”

솔솔 냄새가 난다. 게다가 커피숍 실내의 공기가 덥지도 않은데 이마에 식은땀을 흘리고 있는 윤재원을 보니 뭔가 있다는 확신이 들었다.

“회사에서 각별히 친하게 지냈던 사람은 없었습니까?”

“글쎄요. 워낙에 말수가 적었던 사람이라….”

“그렇군요. 그럼 마지막으로 한 가지만 더 묻겠습니다. 회사를

                    행운흥신소 사건일지

그만둔 특별한 이유가 있습니까?"

"예고도 없이 갑자기 그만둔 것으로 보아 집안에 급한 일이 있었던 것 같습니다."

"그래요?"

대충 둘러대는 것이 눈에 보였다. 여기 더 앉아 있는 것은 시간 낭비에 불과했다.

"더우신 것 같은데 그만 일어나시죠."

"그럼 계약은?"

"조금만 더 고민해 보겠습니다. 만약 계약을 하게 된다면 꼭 윤 과장님을 통해 하겠습니다. 그리고 계산은 제가 하죠."

역시 포커 페이스가 뭔지 전혀 모르는 놈이다. 좀 더 고민해보겠다는 내 말에 어두워졌던 안색이 계산을 내가 한다는 말을 듣고 금세 다시 환해지는 것을 보니. 커피값은 가볍게 카드로 계산했다. 착수금도 넉넉히 받았으니 커피값 정도 내는 것은 문제도 아니다.

윤재원과 만난 결과, 김정현이 회사를 그만두게 된 것과 가장 밀접한 관계가 있는 사람은 장동식 과장이라는 생각이 들었다. 김정현이 퇴사하면서 비어 있는 자리를 차고 들어온 인물이 장동식이니까.

보통 사람들이라면 당연히 장동식과 만나서 자세한 것을 알아보려 하겠지만 그것은 오산이다. 아이러니라면 아이러니라고 할 수 있지만 장동식은 어쩌면 김정현의 퇴사와 직접적으로는 가장 연관이 없는 사람이기도 했다. 김정현이 퇴사를 결심할 때까지는 〈아름다운 사람들〉에서 근무하지 않았으니까. 그리고 그런 사람이 한 사람 더 있었다. 귀엽고 몸매가 아주 착한 서주희라는 아가씨도 이제 입사한 지 육 개월밖에 되지 않았으니 김정현을 본 적이 한 번도 없었다.

나는 각개격파 작전을 실행할 다음 상대로 서주희를 골랐다. 그리고 이번 작전에는 당연한 말이지만 미남계를 사용했다.

서주희는 휴대전화로 걸려온 내 전화를 받고서 의아하다는 느낌을 받은 듯했지만 싫은 내색은 아니었다. 맛있는 저녁을 대접하겠다고 하자 거절 한 번 하지 않고 덥썩 승낙했다.

너무 쉬운 여자는 매력이 없다는 말도 모르는 건가? 혀를 끌끌 찼지만 다가오는 서주희를 보고서 그 생각은 금세 사라졌다. 퇴근하기 전에 신경 써서 화장을 고치고 나온 듯 유난히 뽀얀 서주희의 얼굴에는 생기가 넘쳤다.

가까운 패밀리 레스토랑으로 들어갔다. 종업원에게 스테이크를 주문하고 기다리는 동안 긴장을 풀어주기 위해서 잠시 잡담을 나누었다.

새침해 보이던 첫인상과는 달리 서주희는 생각보다 말이 많았다. 어떤 연예인이 멋있어 보인다는 것부터 시작해, 자기가 요즘 한창 인기 있는 아이돌 여자 그룹의 리더와 닮지 않았느냐며 식사가 끝난 후에 함께 노래방에 가면 똑같은 춤을 완벽하게 소화해 주겠다는 이야기까지.

　　　　　　　　행운흥신소 사건일지

쉴 새 없이 이어지는 얘기를 가만히 웃으며 들어주었다. 서주희가 말하고 있는 아이돌 그룹에 대해서 몰랐으니까. 하지만 기분은 좋았다. 식사를 마치고 노래방까지 가자고 은근슬쩍 조르는 것은 이미 나의 매력에 빠진 것이 틀림없었다.

그러나 이번에도 착각이었다. 나를 보며 생기가 넘치던 서주희의 눈빛은 비싼 스테이크가 나오자 광기 수준으로 빛나기 시작했다. 역시 이 귀엽고 몸매 좋은 아가씨는 내 매력에 빠진 것이 아니라 공짜 스테이크의 매력에 빠진 것이었다.

알아듣기도 힘든 연예인들에 관한 이야기를 쉬지 않고 종알거리며 나이프로 자른 스테이크를 입 속으로 밀어넣는 그녀를 보며 나는 참을성 있게 기다렸다.

어디선가 그런 신문 기사를 본 기억이 있다. 모르는 남녀가 처음 만나는 소개팅 자리에서 씹어 먹는 음식인 스테이크를 먹으면 서로에 대한 호감도가 높아지고 대화가 잘 통한다는. 물론 그 신문 기사를 철석같이 믿는 것은 아니다. 난 의심이 많은 사람이다. 그 덕분에 흥신소 사장이라는 일을 할 수 있는 것이고.

그래도 한 가지 확실한 것은 있다. 배가 부르면 자신도 모르는 사이 마음이 늘어진다. 어쩌면 포만감으로 인해 뭔가를 배출해야 한다는 의무감이 깃들고, 그래서 말이 많아지는 건지도 모른다. 물론 내가 세운 가설이니 믿을 만한 것은 못 된다. 아까 말했던 신문 기사보다도 더.

"하나 궁금한 게 있는데."

"말씀하세요."

식사를 마칠 때까지 끈기 있게 기다린 후에야 나는 입을 뗐다. 아직 젊은 아가씨라서 그런지 거울을 들고서 혹시 이 사이에 뭔가 낀 것이 아닌가를 꼼꼼히 확인하고 있던 서주희가 활짝 웃으며 화답했다.

"김정현 씨 이야기인데."

이야기를 꺼내며 서주희의 표정을 살폈지만 〈아름다운 사람들〉의 다른 직원들과 달리 특별히 표정이 변하지는 않았다. 그리고 여전히 환한 웃음을 지은 채 묻지도 않은 이야기를 술술 꺼내놓기 시작했다. 마치 지금 당장 뭔가를 배출하지 않으면 못 견디겠다는 표정으로.

"사실 저는 그분에 대해서 잘 몰라요. 제가 회사에 입사하기 전에 그만두신 분이라서. 아, 그런데 그런 얘기를 들은 적은 있어요."

"어떤 얘기지?"

"그분이 실수를 저질러서 회사에 큰 손실을 입혔다고 했어요."

"큰 손실이라면 어떤 거지?"

"회사 입장에서는 무척 커다란 계약이었는데 그분이 디자인을 완성하기로 한 날짜 약속을 어겼다고 하더라고요. 그 때문에 계약은 날아갔고 위약금까지 물어주느라 회사 상황이 무척 어려워졌었대요."

이건 새로운 정보다. 패밀리 레스토랑에 데려와서 비싼 스테이크를 사 먹인 보람이 있었다.

    행운흥신소 사건일지

“그랬군.”

“제가 아는 것은 이게 다예요. 그나저나 배도 부른데 우리 노래방에 가지 않을래요? 제가 재밌게 해 드릴게요.”

서주희가 아는 것은 이게 다라는 것을 직감적으로 알 수 있었다. 그래서 잠시 고민했다. 서주희와 노래방에 함께 가는 것에 대해서. 서주희에게서 더 이상 얻을 것이 없다는 판단이 섰지만 나는 함께 노래방에 가기로 결심했다.

“가자!”

내 입에서 승낙이 떨어지자 뛸듯이 기뻐하며 서주희가 먼저 팔짱을 꼈다. 여자와 팔짱을 낀 것이 얼마 만인지. 패밀리 레스토랑 맞은편에 있는 노래방으로 들어갔다. 그리고 서주희는 자신의 공언처럼 나를 재미있게 해 주었다. 서주희가 부르는 노래 중 아는 노래는 거의 없었지만, 그저 젊은 아가씨가 내뿜는 발랄한 기운만으로도 즐거워졌다.

절로 젊어지는 느낌이랄까? 노래를 부르고 난 뒤 근처에 있는 바로 들어가 칵테일까지 한 잔 했다. 바를 나올 때쯤에 고작 칵테일 두 잔을 마시고 술에 취한 척 내게 거의 안기다시피한 서주희의 신체 사이즈를 직접 확인하고 싶었지만 다음 기회로 미루기로 했다. 너무 쉬운 여자는 매력이 없는 법이다.

다음으로 각개격파 작전을 실행한 인물은 구지순이었다.

한눈에 보기에도 먹음직스러운 생과일 쥬스가 앞에 놓여 있었지만, 구지순은 입에 대볼 엄두도 내지 못했다. 하얗게 질린 얼굴로 내 눈치만 살피고 있었다.

"정말 형사님이십니까?"

"정 못 믿겠으면 다시 한 번 보여주지."

지갑을 꺼내기 위해 품속으로 손을 집어넣자 구지순은 그럴 필요 없다는 듯 황급히 손사래를 쳤다. 이미 내 허리에 걸려 있는 수갑까지 힐끗 본 상황이니 더 이상 의심할 엄두를 내지 못하는 것 같았다.

물론 내 허리에 걸려 있는 수갑은 진짜다. 남대문시장에 가서 발품을 조금만 팔면 구할 수 없는 것이 없다. 그리고 조금 전 구지순에게 보여줬던 신분증도 진짜다. 형사 생활을 그만둘 때 반납하지 않았으니까 아무리 자세히 살핀다 하더라도 감히 의심하기 힘들 터였다.

물론 내 앞에 앉아 있는 구지순은 그럴 배짱도 없다. 형사라는 내 말만 듣고도 잔뜩 긴장한 채 벌벌 떨고 있는 걸로 봐서. 매섭게 노려보자 구지순이 움찔하는 것이 느껴졌다.

역시 내 예상대로다. 구지순을 처음 본 순간 씨름 선수가 적격이라고 생각했을 정도로 육중한 체구와 어울리지 않게 아주 소심하다는 것을 눈치챘다. 이런 유형은 정신없이 몰아붙이면 아는 것을 모조리 털어놓기 마련이었다. 더구나 구지순은 나를 형사라고 철석같이 믿고 있으니 더욱 그랬다.

"근데 형사님께서 무슨 일로… 저를 보자고 하셨습니까?"

"살인 사건 때문이야."

   행운흥신소 사건일지

"네?"

가뜩이나 창백하던 안색이 백지장처럼 변했다. 밀랍인형처럼 하얗게 변한 구지순의 얼굴을 날카롭게 노려보며 나는 한마디 덧붙였다.

"김정현 씨가 죽었어. 살해당했지."

"근데 왜 저를….."

"아, 너무 긴장하지는 마. 아직 당신은 참고인 자격이니까. 물론 상황에 따라서는 언제든지 용의자가 될 수도 있지만."

숨소리가 거칠어지기 시작했다. 참고인과 용의자! 이 두 단어 사이의 차이점에 대해서 정확히 아는 것 같지는 않았지만 자기가 어떤 사건에 말려든 채 형사와 마주하고 있다는 사실만으로도 구지순은 당황하고 있었다.

"그러니 솔직히 털어놔."

"뭘 털어놓으시라는 겁니까?"

"김정현이라는 이름이 나올 때마다 당신, 아니 당신뿐만 아니라 사무실 직원들의 얼굴이 굳어지더군. 그것을 보고 확신했지. 당신네 사장이 점심 때 말한 희망 퇴직 따위는 아니라는 것을."

"그야….."

"숨길 생각은 하지 마. 내가 당신만 만나는 것은 아니니까. 다시 말해서 이미 난 꽤나 많은 사실을 알고 있어."

데구르르. 구지순이 머리를 굴리는 소리가 들리는 것 같다. 그래 봤자 내 손바닥 안이지만.

생각할 틈도 주지 않고 몰아붙이자 구지순의 눈빛이 흔들렸다. 대체 내가 어디까지 알고 있는지 알아내고 싶은 듯 힐끗힐끗 날 살폈지만 난 포커 페이스다. 어쩌면 흥신소 사장보다는 도박사나 영업 사원이 더 어울릴지도 모르는.

"아는 것들만 순순히 털어놔. 더하지도 말고 빼지도 말고. 쓸데없는 소리 하면 위증죄로 처넣어버릴 테니까."

한 번 더 다그치자 구지순은 목이 마르는지 앞에 놓여 있던 생과일 쥬스를 향해 손을 뻗었다. 벌벌 떨리고 있는 두 손으로 간신히 잔을 들어 한 모금 마신 후 마침내 입을 열기 시작했다.

"김정현 과장님은 성격이 꼼꼼하고 일을 잘하셨습니다. 우리 회사에 간판이나 전단지를 의뢰했던 분들도 모두 만족하셨죠."

"그런데 왜 회사를 그만두었지?"

"그건… 장동식 과장 때문입니다."

역시 뭔가 새로운 것이 튀어나오기 시작했다. 하지만 어느 정도는 예상했다. 처음부터 썩은 내가 났으니까.

"장동식 과장님과 윤재원 과장님은 처남과 매부 사이입니다."

내 입가에 웃음이 걸렸다. 드디어 뭔가 실마리를 잡았다. 그리고 머릿속에 하나의 그림이 그려지기 시작했다.

대학을 졸업했지만 몇 년간 이어지고 있는 불경기로 인해서 취업을 하지 못하고 히키코모리처럼 집에만 처박혀 있는 남동생의 모습을 보다 못한 윤재원의 아내가 밤마다 고문하듯 졸랐으리라. 그리고 그것을 견디다 못한 윤재원이 마침내 결심했을 것이다. 김정현을 몰아내고 그 자리에 장동식을 앉히기로.

"윤재원 과장이 계획을 세웠겠군. 김정현이 사용하던 컴퓨터에 저장되어 있던 자료를 날렸겠지?"

"네? 네."

"어디까지 그 계획에 동참했지?"

"그건 과장님 혼자서…."

"위증죄로 들어가면 감옥에서 몇 년이나 썩어야 하는지 알려줄까?"

"정말입니다. 김정현 과장님의 컴퓨터에 직접 손을 댄 것은 윤재원 과장님입니다. 다만 사장님도 어느 정도 눈치는 채고 계셨습니다."

겁에 잔뜩 질린 채 털어놓는 구지순을 바라보던 내 입가에 웃음이 걸렸다. 이놈도 자기 보호 본능을 발동시키고 있었다. 끝까지 자기는 전혀 상관없다는 듯이 말하는 것을 보니. 좀 더 겁을 줄까 고민하다 말았다. 더 겁을 주면 오줌을 지려서 깔끔한 커피숍 소파를 더럽힐지도 모르겠다는 생각이 들었다.

"그게 다야?"

마지막으로 확인하듯 던진 내 질문에 구지순이 필사적으로 고개를 끄덕였다.

"진짜지? 나중에 후회하지 마!"

"네."

"좋아!"

구지순이 아는 것은 여기까지인 듯했다.

"그리고 오늘 날 따로 만났다는 얘기는 아무에게도 하지 마. 아직 수사 중이니까."

"알겠습니다. 그런데….'

"걱정하지 마. 자네는 혐의가 없어 보이니까."

그제서야 밀랍인형 같던 구지순의 얼굴에 혈색이 돌아왔다. 그리고 난 빙긋 웃음을 지었다. 구지순은 진짜로 조금도 걱정할 필요가 없다. 난 형사가 아니라 행운흥신소 사장에 불과하니까.

구지순을 먼저 보낸 후, 휴대전화를 꺼내 반장님에게 전화를 걸어 만날 약속을 정했다.

"웬일이냐? 나한테 전화를 다 하고."

"죄송합니다. 그동안 워낙에 공사가 다망해서."

"공사가 다망하기는. 내가 듣자니까 일거리가 없어서 하나밖에 없는 직원 월급도 못 챙겨준다고 하던데."

혹시 행운흥신소에 일거리가 없어서 하나밖에 없는 직원의 월급도 챙겨주지 못한다고 전국지 신문에라도 난 것이 아닐까? 하지만 곧 생각을 바꾸었다. 신문사는 그렇게 할 일 없는 곳이 아니다. 이건 분명히 내부 밀고자의 소행이다.

행운흥신소에는 단 두 명만이 근무한다. 사장인 나와 직원인 얼음공주. 나는 절대 아니니까 밀고자는 얼음공주다. 함부로 사무실의 기밀을 밖으로 빼돌린 얼음공주에게 주의를 한 번 줄까, 하는 생

  행운흥신소 사건일지

각이 들었지만 깔끔하게 포기했다. 역시 밀린 월급 정산이 먼저라
는 생각이 들어서.

"한 잔 받으시죠."

"그래. 네가 사는 거지?"

"그럼요."

"착수금이 들어왔나 보군. 나한테 술을 다 사는 것을 보니."

누가 강력계 형사 반장 아니랄까봐 눈치 하나는 백단이다.

반장님은 키가 작다. 정확히는 모르겠지만 180cm가 조금 넘는
내 어깨에 닿을까말까 한 것으로 봐서 160cm가 되지 않을 것 같다.
하지만 기백이 있다. 온몸에 문신을 하고 덩치가 커다란 조폭 놈들
도 반장님을 마주하면 저절로 기가 죽을 만큼. 그리고 하나도 놓치
지 않겠다는 듯 날카롭게 빛나는 눈빛과 마주하게 되면 어쩔 수 없
이 모든 것을 털어놓을 수밖에 없게 된다.

"소일거립니다."

"내가 도와줄 것은 없고?"

"없습니다."

"한 번. 진짜 도와줄 것 없어?"

"진짜 없습니다."

"두 번. 마지막이다. 도와줄 것 없어?"

"실종 사건입니다. 한 석 달 지났는데 경찰 쪽에도 접수가 됐을
겁니다. 물론 반쯤 포기한 상태겠지만."

반장님과 나 사이에는 불문율이 있다. 딱 세 번의 기회를 주는.

그 세 번의 기회를 모두 놓치면 정말로 국물도 없다는 것을 알기에, 더 버티지 못하고 난 슬그머니 의뢰에 대한 이야기를 꺼냈다.

"실종? 아이인가?"

"아닙니다. 서른두 살 남자입니다."

"장애, 아니면 정신박약?"

"사지육신에 정신까지 멀쩡합니다."

"그럼 신용불량?"

"직업이 없었던 것으로 봐서 그리 넉넉한 편은 아니지만 신용불량까지는 아닌 것 같습니다."

"역시 사무실 형편이 어려운가 보군. 골치 아픈 실종 사건까지 떠맡은 것을 보니."

그저 쓴웃음을 지었다. 예전에 같은 형사일 때는 몰랐는데 일반인으로 돌아온 지금은 확실히 느낄 수 있다. 형사에게는 육감이라 불러도 좋을 날카로운 뭔가가 있다는 것을.

"죽었겠군."

희끗한 머리를 쓸어 넘기며 반장님이 툭 내뱉었다.

"아마도 그럴 겁니다."

"그럼 자살이냐, 아니면 타살이냐만 남았군. 아, 물론 네게는 사체를 찾는 것이 더 중요하겠지만."

순순히 수긍했다. 전에도 말했지만 세상 물정 모르는 어린아이나 치매 걸린 노인이 아닌 정상적인 남자가 실종되는 케이스는 흔하지 않다. 그것도 장애가 있거나 신용불량 같은 극한 상황에 처하지 않은, 아내와 자식까지 있는 멀쩡한 성인이 실종되는 경우는 극히 드물다. 반장님의 말처럼 자살이냐, 아니면 타살이냐가 문제지 죽었을 가능성이 가장 높았다.

"진척은 좀 있나?"

"아직은 없습니다. 잘 다니던 회사를 일 년 전에 갑자기 그만두었기에 우선은 거기서부터 시작하고 있습니다."

"무슨 회사지?"

"자그마한 광고 회사입니다. 디자인 쪽 일을 맡았다고 하더군요."

"예술 쪽에 재능이 있었는가 보군. 디자인이라면 미대를 나왔나?"

"거기까지는 아직 모르겠습니다. 하지만 거기까지 파고들려고 하면 범위가 너무 넓어집니다."

반장님은 고개를 끄덕였다. 형사들은 살인 사건 하나에 몇 명이 달라붙지만 혼자서 일해야 하는 내 처지를 이해해서일 것이다.

"신상명세나 적어줘. 한번 알아보지."

김정현의 신상명세를 적어서 건넸지만 큰 기대는 하지 않았다. 강력계 형사 반장이 얼마나 바쁜지는 누구보다도 내가 잘 알고 있다. 모르긴 몰라도 여기서 나와 술잔을 기울이기 위해 시간을 낸 것도 큰 결심을 했을 터였다.

"감사합니다."

"감사는 무슨. 술도 얻어먹는데 이 정도는 해야지."

진심을 담아 인사했다. 내게 있어 반장님은 아버님과 같은 존재니까. 오랜만에 반가운 사람과 마시기 때문인지 소주는 달콤했다.

*

아침에 눈을 뜨자마자 〈아름다운 사람들〉로 출근했다. 회의를 하고 있는 중이었는지 구석에 놓인 탁자에 동그랗게 모여 앉아 있던 사원들이 갑자기 들어선 나를 각기 다른 눈빛으로 바라보았다.

윤재원 과장은 배신감에 치를 떨고 있었고, 서주희는 당장이라도 신체 사이즈를 가르쳐줄 수 있다고 소리치고 싶어서 입이 근질근질한 듯 보였다. 그중 가장 압권은 올 것이 왔다고 생각한 듯 순식간에 안색이 밀랍인형처럼 하얗게 변한 채 애처롭게 바라보는 구지순의 눈빛이었다. 하지만 그들에게는 시선조차 주지 않았다. 내가 오늘 이곳에 온 이유는 대머리 독수리를 만나기 위해서였으니까.

"아이고, 강사장님. 드디어 저희 회사와 계약하기로 결심하신 겁니까? 정말 잘 생각하셨습니다."

오늘도 어김없이 김칫국을 말아 드시고 있는 대머리 독수리의 소박한 꿈을 아침부터 박살내고 싶지는 않았다.

"따로 이야기를 나누면 좋겠습니다만."

"아, 당연히 그러셔야죠. 자, 제 방으로 들어오시지요. 거기 서주희 씨 뭐해? 여기 커피 좀 가져와!"

                                         행운흥신소 사건일지

솔직히 말하면 대머리 독수리의 소박한 꿈을 지켜주고 싶다는 생
각보다는 이 커피가 마시고 싶었다. 오래간만에 마신 술 때문에 아
픈 속을 달달한 믹스 커피로 달래며 나는 바로 본론으로 들어갔다.

"김정현 씨가 실종되었습니다."

"네? 그게 갑자기 무슨 말씀이신지…."

"솔직히 말씀드리겠습니다. 저는 형사입니다."

딱 보기에도 의심이 많아 보이는 대머리 독수리를 위해 지갑을
꺼내서 신분증을 보여주었다. 신분증을 확인하고 대머리 독수리는
살짝 당황한 듯 보였지만 구지순처럼 겁을 집어먹지는 않았다. 늙
은 생강이 맵다는 옛말은 틀린 말이 아니었다.

슬쩍 몸을 비틀며 허리에 걸려 있는 수갑까지 넌지시 보여 주었
지만 대머리 독수리의 눈에는 여전히 의심이 깃들어 있었다.

"솔직히 당황스럽군요."

반쯤 마신 커피잔을 물끄러미 내려다보며 나는 대머리 독수리를
향해 이해한다는 듯 희미하게 고개를 끄덕여주었다. 머릿속이 복
잡할 것이다. 환율 상승으로 인해 가뜩이나 힘든 기러기 아빠의 어
려움을 해결해 줄 소중한 고객이 갑자기 형사로 변했으니 허탈하
기도 할 것이고. 어쩌면 어제 내게 사준 삼계탕을 아까워하고 있을
지도 몰랐다. 그 돈이면 불쌍한 기러기 아빠가 외로움을 달래며 포
장마차에서 소주 한잔 하기에는 충분했으니까.

반쯤 남은 커피를 들이키며 기다리고 있자 대머리 독수리는 다시
한 번 신분증을 보여달라고 했다.

“제가 믿지 않는 것은 아니지만 확실히 하는 것이 나을 것 같아
서요.”

말은 저렇게 하고 있지만 믿지 않는다는 것이 뻔히 보였다. 대머
리 독수리처럼 의심이 많은 사람은 백에 하나가 될까 말까인데. 역
시 사장은 그냥 되는 것이 아니다. 이 정도라면 어디 가서 사기는
당하지 않을 것이 확실했다.

기어이 신분증을 다시 확인하고 전화까지 걸고 있던 대머리 독수
리가 슬쩍 내 얼굴을 살핀다. 내 표정이 변하지 않는가를 확인하기
위해. 하지만 난 그리 허술한 사람이 아니다.

“네, 실례합니다. 강칠구 형사님이 거기 근무하십니까? 아, 그래
요? 알겠습니다. 아니요. 나중에 제가 다시 전화 드리겠습니다.”

“이제 믿으시겠습니까?”

전화까지 걸어서 확인한 대머리 독수리가 고개를 끄덕이는 것을
보며 희미한 웃음을 지었다. 역시 얼음공주의 순발력과 연기력은
믿을 만하다. 그런 의미에서 얼음공주는 월급을 받을 자격이 충분
하다.

“그런데 김정현 씨의 실종과 제가 무슨 상관이 있다고 저를 찾아
오셨습니까?”

대체 이유를 모르겠다는 듯 대머리 독수리가 나름 깜찍한 표정을
지었지만 내게는 통할 리 없다. 아까까지는 멀쩡하던 목소리가 살
짝 떨리고 있었으니까.

“김정현 씨 실종 사건의 유력한 용의자입니다.”

　　　　　　　　　　　　　행운흥신소 사건일지

　결정적으로 깜찍한 표정을 연기하기에는 대머리 독수리가 너무 늙었다.

　"아닌 밤중에 홍두깨도 아니고 대체 그게 무슨…."

　"약 석 달 전 김정현 씨가 실종되었습니다. 저희는 김정현 씨가 사망한 것으로 추정하고 있습니다."

　"어쩌다 그런 일이… 그보다 제가 실종 사건의 유력한 용의자라는 것이 전혀 이해가 안 되는군요."

　"어제 분명히 희망 퇴직이라고 하셨던 걸로 기억합니다. 하지만 제가 조사해 본 결과 그게 아니더군요."

　"그건…."

　"김정현 씨가 퇴사하고 난 뒤 삼 일도 지나지 않아서 장동식 과장이 입사했더군요. 알고 계셨죠?"

　"무엇을… 말입니까?"

　가늘게 떨리던 목소리가 점점 더 심하게 떨리고 있었다. 무의식 중에 오른쪽 다리도 떨기 시작했고.

　"윤재원 과장과 장동식 과장이 매형과 처남 사이라는 것 말입니다."

　대머리 독수리는 방금 결정타를 얻어맞았다. 숨소리가 거칠어지는 것으로 모자라 헐떡이기 시작했다. 혹시 평소에 천식 같은 지병이 있었던 것이 아닐까 하는 의심이 들 정도로 거칠게 숨을 몰아쉬었다. 그리고 마침내 체념한 듯 대답했다.

　"네, 알고 있었습니다."

"윤재원 씨가 은밀히 부탁을 했겠지요?"

"네."

"그리고 당신은 그 부탁을 거절하지 않았습니다. 왜죠?"

"거기에는… 사연이 있습니다."

사연이라. 그래, 세상에 그냥 벌어지는 일은 없다. 대머리 독수리에게는 윤재원의 부탁, 아니 이제는 부탁이라고 부르는 것보다 거래라고 부르는 것이 옳았다. 어쨌든 대머리 독수리에게는 그 은밀한 거래를 거절할 수 없는 사연이 있을 터였다.

"연대 보증을 서주었습니다."

"연대 보증?"

"삼 년 전에 회사가 무척 어려웠습니다. 직원들의 월급도 두 달씩이나 주지 못했을 정도였습니다. 부도 직전인 회사를 살리기 위해서는 운영 자금이 필요했고, 그때 윤과장이 선뜻 연대 보증을 서준 덕분에 은행에서 대출을 받을 수 있었습니다. 그리고 그 덕분에 부도 위기에 몰렸던 회사를 살릴 수 있었지요."

직원 월급도 챙겨주지 못하는 사장의 비참한 심정은 나도 잘 알고 있다. 그래서 묘한 동질감이 느껴지는 가운데 갑자기 그런 생각이 들었다. 우리 얼음공주는 내가 부탁하면 연대 보증을 서줄까 하는. 그와 동시에 싸늘하기 그지없는 얼음공주의 눈빛도 동시에 떠올랐다.

"역시 어렵겠지?"

"네?"

   행운흥신소 사건일지

"아, 혼잣말을 한 거니 신경 쓰지 마세요. 연대 보증을 서준다는 것은 쉬운 결정이 아니었을 텐데."

"분명히 쉬운 결정은 아니지요."

"그래서 윤재원 씨와의 거래를 거절할 수 없었다?"

"그렇습니다. 김정현, 그 친구에게는 역시 미안한 일이지만."

"마음이 무거웠겠군요."

"그렇지요. 형편만 좋았다면 해고하지 않았을 테니까요. 선택의 여지가 없었습니다. 그렇지만…."

"그렇지만?"

"그 친구는 회사를 다니지 않더라도 먹고 살 만한 재주가 있었습니다. 그래서 그나마 미안한 마음을 조금 덜었지요."

이건 또 무슨 소리일까? 양파 껍질처럼 벗기면 벗길수록 새로운 사실이 드러나고 있었다.

"그건 무슨 얘기입니까?"

"모르셨습니까? 그 친구 글을 씁니다. 소설가지요."

대머리 독수리의 말을 듣는 순간, 나는 둔기로 뒤통수를 얻어맞은 느낌이 들었다.

대머리 독수리와 윤재원 과장은 은밀한 거래를 했다. 그래서 없는 잘못을 억지로 만들어 김정현을 해고하고 그 자리에 윤재원의 처남인 장동식을 데려왔다.

분명히 도의적으로 잘못한 것은 맞았다. 그래서 미안한 마음도 가지고 있다고 했다. 하지만 대머리 독수리는 마지막에 당당하게 한마디를 던졌다.

자기는 직원을 해고할 권한이 있는 사장이라고. 자신이 해고한 것과 김정현의 실종 사이에 대체 무슨 상관이 있느냐고.

마땅한 대답을 찾지 못했다. 대머리 독수리의 말이 모두 옳았다. 아무 상관이 없었다. 나는 완전히 헛짚고 있었다.

'일부러 감춘 건가?'

그 순간 머릿속에 가장 먼저 떠오른 사람은 홍윤아였다. 비록 홍윤아의 날씬한 다리에 정신이 팔려 있었기는 했지만 이틀 전에 들은 이야기를 잊어먹을 정도로 멍청하지는 않다. 분명히 홍윤아는 내게 김정현이 글을 쓰는 소설가라는 말을 꺼낸 적이 없다.

갑자기 머릿속이 복잡해지기 시작했다. 그때 마침 전화벨이 울렸고, 전화를 건 주인공은 가뜩이나 복잡한 내 머릿속을 아예 황폐하게 만들기 시작했다.

"이런 무심한 놈. 애미가 죽었는지 살았는지 궁금하지도 않아? 자식이라고 하나 있는 것이 어찌 이리 무심해. 내가 자식을 잘못 키웠지. 내가 자식을 잘못 키운 죗값을 받고 있는 거야."

"저기, 나 좀 바쁜데."

"바쁘기는 개뿔이 바빠. 대체 뭘 하고 돌아다니기에 석 달째 용돈도 보내지 않아? 애미를 굶겨 죽이려는 심산이지?"

"그게 아니라…."

"아니긴 뭐가 아니야. 애미가 시골에 처박혀 있다고 무시하나 본

데, 내가 모르는 것 빼곤 다 안다. 어떤 년이야?”

“그건 또 갑자기 무슨 소리예요?”

“네가 원래 효심이 지극한 놈은 아니었지만 이 정도는 아니었지. 분명히 어떤 년이 뒤에서 너를 조종하는 게 틀림없어. 용돈을 보내지 않아서 나를 굶겨 죽이자고 너를 꼬드겼겠지. 그래서 유산을 차지하자고. 안 그래?”

“저기, 엄마.”

“혹시 선산까지 얘기했어? 그래, 선산까지 얘기했겠지. 그러니 그런 무서운 계획을 짰겠지. 하지만 쉽지 않을 거다. 니 애미, 그렇게 만만하지 않아.”

전화를 받다 보니 머리가 지끈거리기 시작했다.

선산? 그래, 선산이 있기는 했다. 하지만 도로도 뚫려 있지 않은 두메산골에 있는 자그마한 선산을 팔아봐야 대체 얼마나 할까? 모르긴 몰라도 그 선산에서 어느 날 갑자기 산삼 수십 뿌리가 발견되지 않는 한, 그 선산을 사겠다고 나설 사람도 없을 게 분명했다.

솔직히 말하면 얼음공주의 밀린 월급을 해결하기 위해 엄마 몰래 부동산에 찾아가봤지만 선산을 팔고 싶다는 내 얘기에 살집이 풍성한 부동산 아저씨는 꿈같은 소리 하지 말라며 설레설레 고개만 흔들었다.

어쨌든 한 가지는 확실했다. 나의 무궁무진한 상상력은 엄마에게서 물려받았다는. 평생을 면사무소에서 주민등록등본과 씨름하셨던 아버지에게는 절대로 그런 상상력이 없었다.

"다 하셨어요?"

"그래."

"그럼 이제 진짜 용건을 말해 보세요."

"전에 보험 들었다고 그랬지?"

"보험요?"

"그것도 거짓말이었냐? 그년이 그렇게 말하라고 시켰어?"

"아, 기억났어요."

엄마가 또 무한한 상상력을 발산하기 전에 서둘러 대답했다. 보험을 들었던 적이 있었다. 얼음공주의 사촌 오빠가 보험 영업을 했기에 싸늘한 눈빛 앞에 굴복해서 울며 겨자먹기로 하나 가입했었다. 물론 아직까지 그 보험이 해약되지 않았는가는 장담할 수 없지만.

"그런데 보험은 갑자기 왜요?"

혹시나 중한 병에 걸린 것이 아닌가, 하는 불안감이 들어서 물었지만 다행히 심각한 정도는 아니었다.

"욕실에서 미끄러져 팔목을 삐끗했다. 왼손을 다쳤기에 망정이지 오른손을 다쳤으면 큰일날 뻔했다. 동네 의원에 갔더니 며칠 입원하는 편이 낫다고 해. 그리고 보험 얘기를 넌지시 꺼냈더니 너한테 물어보라고 하더구나."

"네, 한번 알아볼게요."

심각한 병이 아니라는 말에 안도감이 드는 순간, 갑자기 내가 뭔가를 놓치고 있다는 생각이 들었다. 어김없이 코끝이 간질거렸다.

뭐지? 그럴 때가 있다. 생각이 날 듯하면서도 쉽게 떠오르지 않아

　　　　　　　　　　　　　　행운흥신소 사건일지

애태울 때가.

물론 이럴 때 가장 편한 방법은 억지로 기억해내려고 안간힘을 쓰는 것보다 아예 포기해 버리는 것이다. 하지만 왠지 이번에는 그래서는 안 될 것 같았다. 그래서 가물가물한 뭔가를 떠올리기 위해 안간힘을 쓸 때, 휴대전화를 통해 고성이 흘러나와 산통을 깼다.

"이번 주 토요일에 시간 있지?"

"왜요?"

"선 봐라!"

"갑자기 선은 무슨 선이에요?"

"손주 구경은 시켜줘야 할 것 아니냐? 가만히 둬서는 죽도 밥도 안 될 것 같으니 내가 나서기로 했다. 읍내에서 화장품 가게 하는 김씨 알지? 그 집 사촌 딸인데 성격도 모난 데가 없고 인물도 참하더라."

"싫어요."

"싫어? 역시 어떤 년이 있는 것이 틀림없구나. 대체 어떤 년이야? 애미한테 얼굴이라도 한번 보여봐."

"다음에 다시 전화 드릴게요."

안간힘을 쓰며 떠올리려고 노력하던 뭔가는 이미 머릿속에서 저멀리 사라져버렸다. 가뜩이나 복잡하던 머릿속을 완전히 뒤죽박죽으로 만들어놓고.

복잡한 머릿속을 정리할 시간이 필요했다. 나는 홍윤아의 집으로 향했다. 홍윤아의 날씬한 다리를 훔쳐보다 보면 왠지 복잡했던 머릿속이 깔끔하게 정리될 것 같았다.

*

　머그컵에 담긴 원두커피에서 올라오는 구수한 향기를 맡으며 과일이라도 내오겠다고 부엌으로 들어가는 홍윤아의 뒤태를 뚫어져라 바라보았다.

　홍윤아는 아름다웠다. 다섯 살이나 된 아이의 엄마라는 것이 믿기지 않을 정도로. 물론 아름답기로는 서주희도 빠지지 않았다. 하지만 홍윤아에게는 서주희에게서 찾을 수 없는 매력이 있었다. 굳이 말로 표현하자면 성숙미라고 할까?

　"조사에는 진전이 좀 있으신가요?"

　"우선 남편분이 다니시던 광고 회사 쪽을 중심으로 조사를 진행하고 있는 중입니다. 혹시 남편분이 회사를 그만두실 무렵에 부적 힘들어하신 적이 있습니까?"

　"네, 회사를 그만둘 무렵에 자주 한숨을 내쉬고는 했습니다. 아, 그러고 보니 술도 잘 못 하는 사람이 자주 술에 취해서 들어오기도 했고요."

　"그렇군요."

　뜻하지 않게 회사를 그만두게 되었으니 심란했을 것이 당연했다. 하지만 내가 진짜 묻고 싶은 것은 따로 있었다.

　"그리고 조사를 진행하다가 새로운 사실을 발견했습니다."

"새로운 사실요?"

"네, 회사 동료들의 말로는 실종된 김정현 씨가 소설가라고 하더군요. 그 사실은 내게 왜 숨기셨습니까?"

단 한순간도 놓치지 않기 위해 눈도 깜박이지 않고 홍윤아의 얼굴을 관찰했다. 하지만 그녀의 얼굴에 당황한 빛은 떠오르지 않았다. 오히려 진심으로 놀란 표정을 짓고 있었다. 마치 그 사실을 전혀 몰랐다는 듯이.

"소설을 썼다고요?"

결혼 후 오 년 동안 살을 맞대고 살아온 부부였다. 그런데 그 동안 남편이 소설가라는 사실을 모르고 산다는 것이 가능할까? 불가능하다는 생각이 들었다. 하지만 남편에 대해서 전혀 몰랐던 사실을 지금 깨닫고서 놀란 감정을 감추지 않고 있는 홍윤아의 표정은 너무나 완벽했다. 어떤 이상한 점도 찾을 수 없었다.

그렇다면 두 가지 중의 하나였다. 홍윤아는 김정현이 소설가라는 사실을 정말 몰랐거나, 아니면 지금 완벽에 가까울 정도로 연기를 하고 있거나. 그리고 나는 과감하게 전자라는 결론을 내렸다.

평범한 가정주부에 불과한 홍윤아가 저렇게 완벽에 가까운 연기를 펼치는 것은 단연코 불가능에 가까웠다. 형사 시절의 경험으로 미루어봐도 저 정도로 완벽한 연기를 펼치려면 전과 3범 이상의 경력은 있어야 했다.

"모르셨나보군요."

"네, 전혀 몰랐어요."

"남편분은 출판까지 하셨더군요."

"정말인가요?"

파랗게 질린 입술이 가늘게 떨리고 있었다. 홍윤아는 충격을 넘어 배신감에 치를 떨고 있는 것이었다. 지금 상황에서 홍윤아에게 뭔가를 더 묻는 것은 분명히 어려웠다. 그녀에게는 그녀 나름대로 생각을 정리할 시간이 필요했다. 그리고 그것은 나도 마찬가지였다.

*

사무실로 돌아오기 전에 서점엘 들렀다. 종각에 위치한 영풍문고나 교보문고처럼 큰 서점은 아니지만, 사무실 근처에서는 책이 가장 많은 서점이었다. 물론 내가 금방 찾을 수 있을 리 없었다. 카운터에 앉아 있는 직원 아가씨에게 물어보고서야 마침내 김정현이 쓴 소설을 찾을 수 있었다.

《사랑은 두 번 울지 않는다》

김정현이 쓴 책의 제목이었다. 제목도 유치하기는. 그런데 제목만 유치한 것이 아니라 표지도 촌스러웠다.

반양장본인 두툼한 하얀색 표지에는 유난히 붉은 루즈를 칠한 산발한 여자가 굵은 눈물을 흘리고 있었다. 과연 이런 촌스러운 표지에 저렇게 유치한 제목이 붙어 있는 책이 팔리기는 할까, 의심이 들 정도였다. 그래서 카운터로 다가가 여직원에게 아는 사람이 쓴 책인데 잘 팔리냐고 물으니 눈을 동그랗게 뜨고는 되물었다.

　　　　　　　　　행운흥신소 사건일지

"정말 이 글을 쓰신 작가분과 아세요?"

뭐, 그래봤자 그리 큰 눈은 아니었지만.

"조금 압니다."

거짓말을 한다는 죄책감은 들지 않았다. 실제로 만나본 적은 없지만 부인도 만나왔고 옛날 직장 동료도 알고 있으니 완전히 거짓말은 아니었다.

"대체 어떤 분이세요? 이렇게 로맨틱한 글을 쓰시는 분이니까 정말 멋진 분이시겠죠? 제가 이 책을 너무 감명 깊게 읽었거든요."

반쯤 넋이 나간 채 황홀한 표정으로 나를 바라보는 여직원에게 본연의 임무를 잊지 말라고 따끔하게 충고해 주었다.

"계산이나 해 주세요."

책을 들고서 사무실로 돌아오자 어김없이 얼음공주가 매서운 눈빛을 던졌지만 가볍게 무시했다. 오늘은 머리가 너무 복잡했다. 하지만 얼음공주는 조용히 생각을 정리하고 싶은 내 바람을 들어줄 생각이 없는 듯 보인다. 책상 위에 아무렇게나 책을 집어던지고 의자에 앉자마자, 얼음공주가 시비를 걸기 위해서 다가왔다.

"책도 읽네."

마치 천연기념물 철새를 관찰하는 노련한 조류학자처럼 날카로운 눈초리로 나를 관찰하던 얼음공주가 자기 책상으로 돌아가 뭔가를 가지고 돌아왔다.

뭐야, 진짜 천연기념물로 착각하고 사진이라도 찍으려는 건가? 슬그머니 실눈을 뜬 나는 깜짝 놀랐다. 얼음공주가 들고 온 것은 사진기가 아니라 책이었다. 그것도 내가 조금 전에 서점에서 사 가지고 왔던 것과 같은 책이었다.

"너, 책도 읽어?"

"내가 묻고 싶은 말인데."

"꿈에도 몰랐네. 네가 책을 사서 읽은 줄은."

"그때는 월급이 꼬박꼬박 나왔거든."

나른한 얼음공주의 목소리를 듣고 나는 꿀 먹은 벙어리처럼 입을 다물었다.

얼음공주가 꺼내는 월급 얘기는 내게 있어 카운터 펀치다.

"로맨틱하다는 게 뭔지 알기나 할까?"

김정현이 쓴 책이 유치하지 않으냐는 내 질문에 얼음공주는 시리도록 차가운 시선을 보내주었다. 물론 나는 로맨틱하다는 게 뭔지 잘 모른다. 고작 흥신소 사장에게 로맨틱하기까지 바라는 것은 너무한 처사다.

어쨌든 내 생각만큼 영 엉망인 책은 아닌 것 같다. 냉정하기로 소문난 얼음공주까지 꽤나 감명 깊게 읽은 것처럼 보이니.

"이 책 반응은 괜찮았어?"

"알 게 뭐야. 나만 재밌으면 됐지."

"그래도…."

"어울리지 않게 왜 갑자기 책에 대해 관심을 가지고 그래?"

"이 책 저자가 누군지 모르지? 알면 깜짝 놀랄 거야."

"누군데?"

　　　　　　　　　　　　　　　　행운흥신소 사건일지

"김정현. 우리가 찾는 사람이지."

얼음공주는 내 기대를 배신했다. 놀라기는커녕 눈도 꿈쩍하지 않았다. 그렇구나, 라는 식상한 한마디를 내뱉은 얼음공주는 이제 흥미가 떨어졌다는 듯 다시 자기 책상으로 돌아갔다.

"책이 얼마나 팔렸는지 알려면 출판사로 가서 물어보면 되지."

지겹지도 않은지 또 손톱 손질을 준비하는 얼음공주의 말을 듣고서 머릿속이 환해졌다. 얼음공주의 말이 옳았다. 출판사에 가서 물어보는 것만큼 정확한 것은 없다.

물론 대뜸 가서 물어본다고 가르쳐주지는 않겠지만 그 정도 난관은 가볍게 통과할 자신이 있다. 전에도 말했지만 흥신소 사장은 아무나 하는 것이 아니다.

책의 첫 페이지를 넘기자 심상치 않은 작가의 말이 나왔다.

세상이 그리고 사람들이 점점 각박해집니다. 시절이 어수선해서일 수도 있고, 사람들이 마음의 문을 닫아서일지도 모릅니다.

폭력, 살인, 집단이기주의까지. 극단적인 방향으로 흘러가는 세상이 가끔 겁이 납니다. 이러다가 제 마음까지 닫혀버리지 않을까 하고.

하지만 저는 아직 믿습니다. 이 세상에는 아직 진정한 사랑이 남아 있다고. 그리고 저는 제 글에서 그 진정한 사랑을 그리고 싶었습니다.

그래도 꿋꿋이 참고 읽어나갔다. 오십 페이지까지 읽는 데 꼬박

세 시간이 걸렸다. 그래도 어떻게든 계속 읽으려 했지만 눈꺼풀이
너무 무거웠다. 다시 꾸벅꾸벅 졸다 정신을 차려 보니 어느새 도로
에는 짙은 어둠이 내려앉아 있었다.

　사무실에는 나 혼자뿐이었다. 얼음공주는 치사하게 사장인 나를
깨우지도 않고 혼자 퇴근해 버린 후였다. 그냥 퇴근할까 고민하다
가 마음을 고쳐먹었다. 집에 간다고 해서 기다리는 와이프가 있는
것도 아니고, 조사를 위해서 죽어도 이 책을 다 읽어야겠다는 결심
이 섰다.

　화장실로 가서 세수를 하고 본격적으로 책을 읽어나가기 시작했
다. 그리고 정신을 차리고 나서 읽다 보니 생각보다 재미있었다. 게
다가 소재도 내가 무척 좋아하는 것이었다.

　불륜. 역시 불륜은 인기 있는 소재였다. 아줌마들이 즐겨 보는 아
침 드라마가 괜히 불륜을 주제로 다루는 것이 아니었다. 어느새 몰
입한 채 책의 마지막 장을 넘긴 나는 가볍게 얼굴을 찡그렸다. 두께
가 사백 페이지에 달할 정도로 주저리주저리 말이 많았지만 책의
내용을 간략하게 요약하는 것은 그리 어렵지 않았다.

　A라는 한 여자가 있다. A는 대학에 들어와 만난 B라는 남자와 첫사랑에
빠진다.

　A와 B는 진심으로 사랑했다. 모두가 그들의 결혼을 의심하지 않았을 정
도로. 하지만 세상은 두 사람이 서로 열렬히 사랑한다고 해서 모두 결혼으
로 이어지는 것이 아니었다. A와 B는 결국 집안의 반대로 헤어지게 된다.

　　　　　　　　　　　　　　　　　행운흥신소 사건일지

　이별의 아픔으로 아파하던 A는 C를 만나게 된다. C는 평범한 남자다. 하지만 진심으로 자신을 아껴주는 C의 따뜻한 마음과 배려에 감동해 A와 C는 결국 결혼까지 하게 된다.

　결혼 이후 잠시 동안 A와 C는 무척 행복했다. 하지만 우연히 다시 만나게 된 B로 인해서 A는 다시 흔들리게 된다. 이미 C와 결혼한 A는 이성적으로는 B와 다시 만나선 안 된다고 생각하지만 결국 B를 다시 만나게 된다.

　어떤 결정도 내리지 못한 채 A는 위태로운 만남을 지속한다. 그리고 어느 날 A는 자신이 임신한 사실을 깨닫는다. B의 아이일까? 아니면 C의 아이일까? 그조차도 명확하지 않다.

　아이를 낳고 시간이 흘렀다. 그리고 아이가 점차 자랄수록 A는 아이의 얼굴을 보며 B가 아이의 아빠라는 것을 확신한다. A는 C에게 담담히 이별을 선언한다. 그리고 첫사랑이었던 B에게 돌아가서 행복하게 산다.

　여기까지가 책의 간략한 내용이다. 그리고 내가 얼굴을 찡그린 이유는 결말이 마음에 들지 않아서이다.

　불륜의 끝은 이혼 아니면 간통죄로 고소당해 감옥에 가는 것이다. 적어도 나 같은 불륜 전문가는 그것을 명확히 알고 있다. 하지만 책은 그렇게 끝나지 않았다. 끝까지 불륜을 아름답게 그리고 있었다. 사랑이라는 애매모호한 단어로 예쁘게 포장한 채.

　책을 내려놓은 후 외투를 걸치고 시계를 보았다. 어느새 시계는 열시를 가리키고 있었다. 사무실을 나와 집으로 돌아가는 길에 문득 그런 생각이 들었다.

왜 여자들은 이 책에 그려진 불륜을 아름다운 로맨스라고 하는
걸까? 아무리 생각해도 이해가 가지 않았다. 어쩌면 내가 남자여서
일지도 몰랐다. 내일 얼음공주에게 자세히 물어볼까, 하는 생각이
들었지만 나는 쓴웃음을 지으며 고개를 흔들었다.

얼음공주는 보통 여자가 아니다. 불륜 전문 흥신소 사장인 나와
오랜 시간 함께 일했으니까. 어쨌든 내일은 출판사로 찾아가볼 생
각이다.

출판사는 문학나라. 책이라고는 읽지 않는 내가 어디선가 들어본
것으로 보아 그리 작은 출판사는 아닌 것 같았다.

*

김정현이 책을 냈던 출판사는 내 예상과 달리 그리 크지 않았다.
내가 들어봤다고 착각했던 대형 출판사는 문학세상이었다. 문학나
라는 사장을 포함한 직원들의 수를 모두 합쳐도 열 명이 되지 않는
작은 출판사였다.

머리털 나고 출판사의 사무실이라는 곳에 처음 들어간 내가 받은
첫인상은 뭔가 정신없다는 느낌이 들 정도로 어수선하다는 것이었
다. 한쪽에서는 컴퓨터 자판을 두드리는 소리가 끊임없이 들려왔
고, 또 한쪽에서는 사진관도 아닌데 필름 같은 것을 들고서 노려보
고 있었다. 그리고 쉴 새 없이 울려대는 전화벨 소리까지.

사무실 안에 들어서서 우두커니 서 있은 지 오 분이나 흘렀지만

내 존재를 인지하고 신경을 써주는 사람은 아무도 없었다. 그나마 컴퓨터 모니터를 뚫어지게 쳐다보는 여직원이 가장 한가해 보여 슬쩍 다가가 어깨를 건드리며 나의 존재를 알렸다.

"저기…."

"어머, 작가님이세요?"

"네?"

"약속 시간보다 일찍 오셨네요. 미리 전화라도 주시지. 그나저나 솔직히 조금 실망인데요. 전 작가님이 보내주신 원고 보고 무척 근사한 분인 줄 알았거든요."

이 여자는 대체 뭐지? 그리고 그렇게 실실 웃지 마라. 기분 나쁘니까. 나를 팔자에도 없는 작가로 만든 것은 웃으며 넘길 수 있다. 하지만 이어진 말은 내 여린 마음에 파문을 남겼다.

"어머, 정색하시는 것 좀 봐. 웃자고 한 얘기인데 뭘 그런 것 가지고 화를 내시고 그러세요? 작가님 혹시 밴댕이 소갈딱지란 말 자주 듣지 않으세요?"

가만히 있으니 점점 더 가관이다. 어느새 멀쩡한 사람을 밴댕이 소갈딱지로 만들어버렸다.

이 여자가 이상한 걸까, 아니면 출판사 사람들이 원래 이런 걸까?

"뭔가 오해를 하고 계신 것 같은데 저 작가 아니거든요."

"그럼요?"

"형사요."

"역시 엉뚱하시네요. 하긴 작가님께서 보내주신 원고 보고 저도 어느 정도는 예상하고 있었지만."

말이 전혀 통하지 않는다. 마치 외국에 온 것처럼. 이럴 때는 마
땅한 방법이 없다.

형사 신분증을 보여주는 수밖에는.

지갑을 꺼내 웃고 있는 여직원의 코앞에 들이밀었다. 그제야 이
여직원은 사태 파악이 된 듯 눈을 동그랗게 떴다. 하지만 이번에도
나만의 착각이었다.

"어머, 작가님. 이거 진짜 같아요. 이런 건 어디서 구하셨어요?"

이 여직원은 아직 사태 파악이 전혀 안 됐다.

여직원이 사태 파악을 제대로 하고 작가가 아닌 형사의 신분으로
출판사 사장을 만나는 데는 그 후로도 한참이나 걸렸다.

마침내 탁자 하나를 사이에 두고 얼굴을 마주한 사장의 첫인상은
푸근하다는 느낌을 주었다. 염색을 하지 않은 희끗희끗한 반백의
머리는 무스로 단정하게 빗어 넘겼고, 평소에 웃음이 많은지 눈가
에 유난히 잔주름이 많았다.

"하하, 반갑습니다. 김종학이라고 합니다."

호탕하게 웃으며 인사를 하는 김종학을 향해 가볍게 고개를 숙였
다. 사람 좋아 보이는 얼굴이지만 나는 얼굴만 보고 누군가를 판단
하는 성격이 아니다. 그리고 나도 들은 풍월이 있다. 출판사 사람들
똥은 개도 안 먹는다는 소문 정도는 알고 있다. 그만큼 출판업계에
종사하는 사람들이 지독하다는 뜻이다.

　　　　　　　　　　　　　행운흥신소 사건일지

"그런데 형사님께서 여기는 무슨 일로 찾아오셨습니까?"

"사건 때문에 몇 가지 확인하러 왔습니다. 작년 이맘때쯤에《사랑은 두 번 울지 않는다》라는 책이 여기서 출간된 것으로 아는데. 맞습니까?"

"네, 맞습니다. 저희가 출판했었죠."

"작가분이…."

"김정현 작가입니다. 원고도 괜찮았지만 사람도 무척 괜찮았지요."

"직접 만나신 적이 있습니까?"

"네. 김정현 씨의 투고 원고가 워낙에 괜찮다는 얘기가 편집부 직원들 사이에 돌았기에 제가 직접 읽어봤습니다. 저도 그 작품이 무척 마음에 들었기 때문에 계약을 핑계로 한 번 만나 가볍게 소주도 한잔 했었습니다."

"그럼 보통 계약할 때 김종학 씨가 직접 작가분들과 만나는 겁니까?"

"아닙니다. 하하, 명색이 사장인데 저 그렇게 쉬운 사람은 아닙니다. 보통은 직원들이 작가분들과 만나 계약합니다. 그런데 김정현 작가에게 무슨 일이 있습니까?"

눈알을 굴리며 은근슬쩍 운을 떼는 김종학을 향해 날카롭게 대꾸했다.

"질문은 제가 합니다."

"그렇지만…."

“김정현 씨가 썼던 책의 판매량은 어땠습니까?”

“대략 이만 부 정도 판매되었습니다.”

이만 부라……. 출판 시장에 대해 거의 아는 것이 없었기에 대체 이게 어느 정도 팔린 건지 알 수가 없었다. 다행히 김종학이 보충 설명을 해 주었다.

“신인 작가의 작품치고는 대단한 판매량입니다. 어디나 마찬가지겠지만 사실 요즘 출판 시장도 무척 좋지 않습니다. 게다가 저희 출판사 사정상 대형 출판사처럼 홍보를 하지 못했음에도 불구하고 입소문을 타며 삼십 대 여성들에게 대단한 호응을 얻었습니다. 이 정도면 대박이라고 해도 과언이 아닙니다.”

김종학이 틀렸다. 삼십 대 여성만 좋아한 것이 아니다. 서점에서 만난 여직원이나 얼음공주는 아직 이십 대 여성임에도 김정현이 쓴 책을 무척이나 좋아했다.

“그럼 인세는 얼마나 됩니까?”

“그것도 꼭 밝혀야 하는 겁니까? 작가의 인세는 구체적으로 밝히지 않는 것이 일반적인 관례라서.”

“정확히는 말씀하시지 않아도 됩니다. 대략 어느 정도라는 것만 알려주시죠.”

“곤란한데… 하지만 형사님이니 말씀드리지요. 단 이건 될 수 있으면 비밀로 해 주셔야 합니다.”

“알겠습니다.”

“약 이천만 원 가까이 됩니다.”

　　　　　　　　　　행운흥신소 사건일지

잠시 망설이다 김종학이 대답하는 것을 듣고서 나는 눈을 동그랗게 떴다.

책 한 권을 쓰고 이천만 원이나 받다니. 이거 생각보다 훨씬 많았다. 갑자기 힘이 쭉 빠졌다.

이런 걸 상대적 박탈감이라고 하나? 행운흥신소의 사장보다 훨씬 나았다. 이참에 일거리도 별로 들어오지 않는 행운흥신소를 부도내고 나도 작가로 전직해 버릴까, 하는 달콤한 유혹이 찾아왔다. 소재가 불륜이라면 나도 누구보다 할 말이 많은 사람이다. 아름다운 불륜, 상큼한 불륜, 엽기적인 불륜까지.

생생한 경험을 바탕으로 글을 쓴다면 앉은 자리에서 몇 권쯤 써낼 자신도 있었다. 그래서 김종학을 너무 몰아붙이지 않기로 결심했다. 어쩌면 머지않아 출판사 사장과 작가로 다시 대면하게 될지도 모르니까.

"인세는 모두 지급했습니까?"

"네."

"물론 통장으로 입금하는 방식이겠죠?"

"그랬을 겁니다."

홍윤아를 다시 찾아갈 필요가 생겼다. 그만한 돈이 들어왔다면 모를 리가 없었다. 그리고 정상적인 여자라면 그 정도 돈이 들어왔을 때 어떤 돈인지 궁금해하는 것은 당연한 일이다. 당장에 홍윤아에게 전화해서 확인해 보고 싶은 것을 억지로 눌러 참고 마지막 질문을 던졌다.

"첫 작품이 그 정도로 성공했는데 다음 작품의 계약은 하지 않았습니까?"

"그게… 당연히 하려고 했습니다."

"그런데요?"

"김정현 작가가 이런저런 핑계를 대면서 계약을 미루었습니다."

"그건 왜일까요?"

"그야 뻔한 것 아니겠습니까?"

김종학이 씁쓸한 웃음을 머금은 채 다시 입을 뗐다.

"아직 책은 한 권밖에 내지 않았지만 김정현 작가는 첫 작품의 성공으로 꽤나 지명도를 얻었습니다. 다음 책을 기다리는 고정 독자들도 어느 정도 확보했지요. 저희 출판사가 아니더라도 많은 출판사에서 계약을 하자는 제의가 밀려들었을 겁니다."

"하지만 의리라는 것도 있지 않습니까?"

"의리라… 형사님은 보기와 다르게 낭만적이시군요. 어디나 마찬가지겠지만 출판 시장도 전쟁터입니다. 돈이 된다는 소문만 들으면 눈에 불을 켜고 달려들지요. 저희도 나름대로 파격적인 계약 조건을 제시했습니다. 하지만 돈으로 밀어붙이는 대형 출판사들에게는 이길 수가 없지요. 솔직히 섭섭합니다. 김정현 작가는 크게 돈에 관심이 있는 것 같지도 않았고, 우리와 다시 계약할 거라 믿었거든요."

이번에는 김종학의 말이 맞다. 우리가 살아가는 세상은 전쟁터다. 총 대신 돈이 무기가 되는.

     행운흥신소 사건일지

"말씀 잘 들었습니다."

"뭘요. 그런데 김정현 작가에게 무슨 일이 있습니까?"

"실종 신고가 들어와서요."

"아니, 어쩌다 그런 일이."

"아직은 저희도 잘 모릅니다. 조사 중이니까요."

"괜찮아야 할 텐데. 더 궁금한 것이 있으면 언제든지 다시 연락 주세요. 물론 찾아오셔도 되고요."

걱정하는 기색으로 입을 여는 김종학에게 고개를 끄덕였다. 어차피 다시 만날 것이다. 머지않은 시간에 불륜을 소재로 한 훌륭한 원고를 완성한 후에 출판사 사장과 작가의 관계로. 일단 이번 의뢰를 해결하고 난 다음이지만.

의미심장한 웃음을 지으며 자리에서 일어나는데 김종학이 갑자기 뭔가 떠오른 듯 나를 불렀다.

"혹시 도움이 될지 모르니 윤철민 작가를 한번 만나보세요."

"그게 누굽니까?"

"우리 출판사에서 책을 낸 작가인데 김정현 작가가 그나마 가장 친하게 지냈던 작가입니다."

윤철민 작가라……. 홍윤아를 만나기 전에 먼저 만날 사람이 생겼다.

하지만 그날, 나는 윤철민을 만나지 못했다. 갑자기 걸려온 전화 한 통으로 인해.

"저녁이나 같이 하자!"

　반장님은 단 한마디만 남기고 전화를 끊어버렸다. 나도 이제 사업체를 꾸려가는 어엿한 사장이지만 반장님의 말은 거역할 엄두를 내지 못했다. 어쩌면 내가 아직도 형사라는 생각을 가지고 있어서인지도 몰랐다.

　문학나라라는 출판사가 있는 파주에서 약속 장소인 신림동까지 가는 데는 적어도 두 시간이 걸린다. 계획했던 일정을 모두 포기하고 버스와 지하철을 번갈아 타며 약속 장소인 해장국 집에 도착하자 이미 반장님은 나를 기다리고 있었다.

　"잘 돼가?"

　"어렵네요."

　안부인사도 생략하고 대뜸 던지는 질문에 씁쓸한 웃음을 지었다.

　"초점은?"

　"김정현이 다니던 광고 회사 쪽에 초점을 맞추었는데 완전히 헛짚은 것 같아요."

　"그래서?"

　"김정현이 소설가라고 하는군요. 새로운 사실이 드러났으니 이젠 그쪽으로 파고들 생각입니다."

　사람의 습관이란 무섭다. 강력계 형사로 십 년 이상 지내게 되면 말투도 변하게 된다. 마치 범인을 취조하듯이 짤막하게 던지는 반장님의 어투도 예외가 아니다.

　주문한 해장국이 나오기를 기다리는 동안 반장님이 가지고 온 누런 봉투 쪽으로 시선이 갔다. 강력계 형사 반장은 무척 바쁘다. 일

　　　　　　　　　　　행운흥신소 사건일지

반 직장인과는 달리 퇴근 시간 따위는 아예 없다고 봐도 무방하다. 같이 저녁이나 한 끼 먹자는 순수한 이유로 여기까지 찾아와서 나와 마주 앉아 있을 가능성은 많지 않다. 분명히 저 누런 봉투 때문에 이곳에 온 것이다.

"이거 한번 살펴봐. 도움이 될지도 모르니까."

"뭡니까?"

"실종 신고가 들어왔으니 경찰 쪽에서도 수사를 조금 했더군. 물론 제대로 파고들기도 전에 흐지부지해졌지만."

내 시선을 느낀 듯 반장님은 누런 봉투를 내밀었다.

"엉망이야. 김정현이 소설가라는 것조차 파악하지 못했으니까. 다만 주목할 만한 것이 하나 있군."

"뭡니까?"

"초점. 자네는 김정현에 대한 조사에 초점을 맞추고 있지만 경찰 쪽은 김정현의 부인에게 초점을 맞추었더군."

주문한 해장국이 나와 이야기가 잠시 중단되었다 다시 이어졌다.

"특별한 것이 있습니까?"

"글쎄. 흔해 빠진 스토리지."

"흔해 빠진 스토리라면?"

"생명보험!"

해장국에 밥을 말고 있던 숟가락을 멈추었다. 반장님의 말은 틀리지 않았다. 흔해 빠진 이야기였다. 생명보험으로 인해 사람이 죽거나 실종되는 것은. 하지만 나는 그동안 그 흔해 빠진 것조차 망각하고 있었다.

형사 생활을 그만둔 지 삼 년, 감이 녹슬었다는 말 외에는 설명할 길이 없었다. 그리고 지금에서야 깨달았다. 어제 어머니와 전화통화를 하면서 그렇게 떠올리려고 안간힘을 쓰던 것이 바로 생명보험이라는 것을.

"김정현은 실종되기 전 무려 세 개의 생명보험에 가입되어 있었지. 김정현의 사망시 수혜자는 김정현의 부인이고."

"언제 가입한 겁니까?"

"그게 무척 흥미로워. 세 개의 생명보험 모두 김정현이 실종되기 한 달 전에 가입한 거야."

이거 냄새가 무척 심하게 난다. 실종되기 전에 하나도 아니고 무려 세 개의 생명보험을 들었다는 것은 자신이 죽게 될 것을 알고 있었을 가능성이 충분하다는 의미였다.

"아직 보험금을 타지는 못했겠군요."

"그렇지. 김정현은 사망한 것이 아니라 실종 상태니까. 어때? 이 정도면 어느 정도 감이 오지 않나?"

반장님이 희미한 웃음을 머금은 채 묻는 것을 보며 나는 힘차게 고개를 끄덕였다. 백전노장이란 호칭은 그저 얻는 것이 아니다. 반장님은 지난 번 나와 만나자마자 간파했던 것이다. 형사 생활을 그만둔 후 내 감이 많이 무뎌졌다는 사실을. 그리고 이 누런 봉투를 건네기 위해서가 아니라 그것을 깨닫게 해 주기 위해서 이 자리를 마련한 것이었다.

 행운흥신소 사건일지

인정할 수밖에 없었다. 그동안 간단한 불륜 같은 일거리만 해결하다 보니 내 감이 지독하게 무뎌진 상황이라는 것을.

"김정현이 죽었을 가능성은 훨씬 더 높아졌군요."

"이번 일, 쉽지 않을 거야."

"이미 예상하고 있었습니다. 그래도 한 번 맡은 일이니 끝을 봐야지요. 슬슬 오기가 발동하는데요."

"그래. 이제야 미친개답군."

미친개는 형사 시절의 내 별명이다. 한 번 맡은 사건은 끝까지 물고 늘어진다고 해서 얻은.

반장님의 얼굴에 떠오른 만족스런 웃음을 바라보다 보니 갑자기 홍윤아의 얼굴이 스치고 지나갔다. 김정현이 소설가였다는 내 얘기에 진심으로 놀란 표정을 짓고 있던 그녀의 얼굴이 떠오르자 여전히 혼란스러웠다.

홍윤아가 김정현의 실종과 관련이 있을까? 아니면 그저 남편의 실종을 걱정하는 착한 여자일까?

아직 답은 몰랐다. 하지만 하나는 확실하다. 그다지 내키지는 않았지만 결국 이 사건을 제대로 파고들기로 한 이상, 어떻게든 끝은 보게 될 것이다.

밤새 뒤척이다 새벽녘에야 잠이 들었다. 눈을 뜨자마자 시계를 보니 어느새 아홉시가 넘어 있었다. 사무실에 들렀다 갈까 고민하다 바로 홍윤아의 집으로 찾아갔다. 한시라도 빨리 홍윤아에게 확인하고 싶은 것이 있어서였다.

의심이 생겼다. 어제 반장님과 만나 식사를 한 이후 홍윤아에 대한 의심이 마음 속에 깃들기 시작한 뒤부터 그것은 암세포처럼 커져가고 있었다.

연락도 없이 갑작스레 찾아왔지만 홍윤아는 언제나처럼 나를 반갑게 맞아주었다. 이제는 당연하다는 듯이 묻지도 않고 원두커피를 내왔다.

변한 것은 아무것도 없었다. 홍윤아는 여전히 정숙했고 차분했다. 돌아오지 않는 남편을 걱정하는 마음도 여전히 느껴졌고. 그런데도 이상하게 그녀가 가증스럽게 느껴졌다. 아마도 내 마음 속에 의심이 점점 부풀어가기 때문일 것이다.

"김정현 씨가 쓴 소설입니다."

어제 서점에서 산 책을 홍윤아의 앞으로 내밀면서도 내 시선은 홍윤아의 얼굴에서 떨어지지 않았다. 가늘게 떨리는 두 손으로 홍윤아가 책을 받아들었다. 홍윤아는 그 책을 품에 끌어안은 채 왼손으로 입을 가리며 흑 하고 울음을 터트렸다.

"당신… 나한테 어떻게… 이럴 수가…."

서럽게 울기 시작하는 홍윤아를 묵묵히 바라보았다. 여전히 날씬하고 매력적인 다리를 힐끔거리며 훔쳐보지도 않고 오직 홍윤아의 얼굴만을 뚫어져라 바라보았다.

"작년 이맘때쯤 책이 나왔습니다. 시장에서의 반응도 꽤나 좋았다고 하더군요. 정말 모르셨습니까?"

　　　　　　　　　　　　행운흥신소 사건일지

“전…혀요.”

“출판사에서는 인세를 통장으로 입금했다고 하더군요. 혹시 출판사 측에서 통장에 돈이 입금된 적은 없었습니까?”

“없었어요.”

“확인해 봐도 되겠습니까?”

끌어안고 있던 책을 뭔가에 홀린 사람처럼 정신없이 바라보던 홍윤아가 고개를 끄덕이며 천천히 몸을 일으켰다.

홍윤아가 건넨 통장을 살피던 나는 다시 고개를 갸웃했다. 김정현이 책을 출판한 것은 작년 이맘때였다. 몇 번이나 확인했지만 출판사에서 돈을 입금한 적은 없었다.

‘통장의 입출금 내역까지 위조할 수는 없다. 그렇다면 김정현이 다른 통장을 개설했다는 건가?’

머리가 아파왔다. 통장의 입금 내역을 확인하고 나면 뭔가 실마리를 잡을 수 있을 것이라 생각했는데 내 예상은 또 한 번 빗나갔다.

홍윤아를 슬쩍 바라보니 여전히 넋이 나간 채로 김정현이 쓴 책만을 멍하니 바라보고 있었다. 그런 그녀가 내 시선을 느낀 듯 천천히 입을 뗐다.

“서운하네요.”

“충분히 그렇게 생각하실 수 있습니다.”

“남편이 쓴 책의 반응은 괜찮았나요?”

“무척 좋았다고 합니다.”

솔직하게 대답했다. 이건 감출 일이 아니니까.

"아까 말씀하신 인세. 얼마나 되나요?"

"약 이천만 원 정도입니다."

"그래요? 꽤 많네요. 남편은 그 돈으로 무엇을 했을까요?"

물론 대답해 줄 수가 없었다. 그건 나도 궁금해하고 있는 부분이 니까.

화가 난 걸까? 입술을 깨물고 있던 홍윤아는 한참 만에야 다시 입을 열었다.

"어디에 썼는지 모르겠지만 남편이 그 돈을 쓰면서 즐거웠다면 좋겠네요. 남편에게 용돈 한번 제대로 준 적이 없거든요."

천사가 따로 없다. 나도 이런 착한 마누라를 얻어야 하는데. 뭐, 어쨌든 나로서는 더 해 줄 말이 없다. 그리고 남편의 책을 품에 끌어안은 채 여전히 흐느끼고 있는 홍윤아를 지켜보다 보니 여기는 내가 있을 자리가 아니라는 생각이 들었다. 왠지 가시방석에 앉아 있다는 불편한 느낌이 들어 서둘러 일어나자, 그제야 기척을 느낀 듯 홍윤아도 일어났다.

"남편의 책, 정말 감사합니다."

진심을 담아 인사하는 홍윤아에게 희미하게 웃음을 지어주었다. 내게 억지로 웃음을 지어주는 홍윤아의 창백한 얼굴을 바라보는 내 머릿속은 더욱 복잡해졌다.

답답한 마음에 대문을 나서자마자 담배를 한 개비 꺼내 물었다. 라이터를 꺼내 불을 붙이려는데 휴대전화가 울렸다. 전화를 건 주

　　　　　　　　　　행운흥신소 사건일지

인공은 어제 방문했던 문학나라 출판사의 사장인 김종학이었다.

"형사님. 저 어제 만났던 김종학입니다."

"무슨 일입니까?"

"드릴 말씀이 있어서요. 어제 형사님이 가시고 난 후에 혹시나 해서 김정현 작가의 인세를 어떻게 지급했는지 경리 여직원에게 물어봤습니다."

"그런데요?"

"어제도 말씀 드렸지만 일반적으로는 인세를 계약서에 명시한 계좌번호로 입금합니다. 그런데 김정현 작가는 그것을 원치 않았다고 합니다."

"그럼?"

"직접 저희 출판사에 방문해서 현금으로 받아갔다고 하네요."

"간단한 통장 입금이 아니라 출판사까지 일부러 찾아가서 현금으로 받아갔다는 말씀이군요, 왜죠?"

"그것까지는 저도 모르지요. 출판사 측에서는 작가님이 원하시는 방식대로 인세를 지급할 뿐이니까요."

"그럼 김정현 씨처럼 직접 출판사를 방문해서 현금으로 인세를 받아가는 작가들이 많은 편입니까?"

"많은 편은 아니지만 아예 없지도 않습니다. 요 근래에도 몇몇 작가들은 그렇게 하고 있으니까요."

"이유가 뭐죠?"

"그야 여러 가지 사정이 있지 않겠습니까? 자기가 글을 쓰고 있다는 사실을 알리고 싶지 않아 하는 작가도 있고, 인세가 적지 않은 만큼 마누라 몰래 비자금을 마련해 두고 싶어하는 작가도 있지요, 허허."

김종학이 터트리는 너털웃음을 들으며 생각에 잠겼다.

비자금이라. 부인 몰래 비자금을 가지는 것은 예나 지금이나 유부남들의 로망이니 이해가 가지 않는 것은 아니었다. 게다가 적게는 수백만 원에서 많게는 수천만 원이나 되는 인세라면 비자금으로는 꽤나 많은 편이다.

모르긴 몰라도 불륜을 저지르기에 충분한 자금이 아닐까? 그래서 다시 한 번 소설가가 되고 말겠다는 의지를 다질 때, 김종학이 깜박했다는 듯 한마디를 더했다.

"그리고 어제 말씀드렸던 윤철민 작가가 형사님을 뵙고 싶다고 하더군요."

"저를요?"

"김정현 작가 일로 드릴 말씀이 있다고 하던데요."

"알겠습니다."

전화를 끊고 나서 담배 연기를 깊숙이 빨아들였다. 김정현의 인세는 대략 이천만 원이라고 했다. 분명히 적지 않은 돈. 김정현은 대체 이천만 원을 가지고 무엇을 했을까?

실직 후의 생활비? 이건 아니다. 그렇다면 홍윤아가 뭔가 낌새를 차리지 못했을 리 없다.

유흥비? 이것도 아니다. 홍윤아의 집에서 보았던 결혼사진 속 김정현의 얼굴은 분명 룸살롱보다 포장마차에 어울리는 얼굴이었다.

그렇다면 불륜? 모르겠다. 내가 보기에 홍윤아는 결혼하고 아이가 있다는 것이 믿기지 않을 정도로 여전히 아름다웠지만, 남자의 마음은 알 수가 없다. 아무리 아름다운 부인과 살을 맞대고 살고 있다 하더라도 언제든지 유혹에 흔들릴 수 있는 것이 남자니까.

어쨌든 확실한 것은 모두 추측이라는 것이다. 뭔가를 명확하게 알아내기에는 김정현이라는 사내에 대한 정보가 너무 부족했다. 그리고 그런 느낌이 들었다. 시간이 지날수록 얽혀 있던 실타래가 하나씩 풀려간다기보다는 점점 복잡하게 꼬여만 간다는.

*

윤철민과 만난 것은 오후 세 시가 조금 지나서였다. 집으로 찾아가겠다고 말했지만 윤철민은 집이 지저분하다고 사무실 근처의 커피 전문점에서 만나자고 했다.

"처음 뵙겠습니다. 윤철민입니다."

가볍게 악수를 나누며 살핀 윤철민의 첫인상은 무척이나 자유분방하고 에너지가 넘쳤다. 길게 자른 머리를 어깨까지 늘어뜨리고 물이 빠진 청바지와 자켓을 입은 채 등장한 그는 성격도 시원시원한 편이었다.

"담배 하나 태우겠습니다."

"네, 얼마든지요."

후 하고 하얀 담배 연기를 내뿜은 뒤 만족스러운 듯 니코틴이 덕지덕지 붙은 누렇게 변색된 이를 드러내며 웃음을 지은 윤철민이 입을 열었다.

"그런데 김 작가에게 무슨 일이 있습니까?"

"왜 그렇게 생각하십니까?"

"몇 번 전화를 했는데 연락이 되지를 않더군요. 게다가 형사님께서 출판사에 가서 김정현 작가님에 대해서 잔뜩 질문을 하고 갔다고 해서 그런 생각을 했습니다."

김종학은 윤철민에게 자세한 설명을 하지 않은 듯했다. 하지만 숨길 필요가 없기에 부인하지 않고 고개를 끄덕였다.

"실종되었습니다."

"실종요?"

"네."

"실종된 지 얼마나 지났습니까?"

"삼 개월 정도 지났습니다."

김정현이 실종되었다는 말이 충격으로 다가온 듯 윤철민은 담배를 비벼 끄자마자 또 한 개비를 입에 물었다. 그리고 초조한 표정으로 급하게 담배 연기를 빨아들이는 윤철민이 먼저 입을 열기를 기다렸다.

내게서 김정현이 실종되었다는 사실을 확인하고서 놀라기는 했지만, 이미 윤철민은 어느 정도 짐작하고 있었다. 그리고 그것을 짐작한 상황에서 내게 할 이야기가 있다고 말했으니, 기다리다 보면

행운흥신소 사건일지

입이 열릴 것이었다. 물고 있던 담배가 거의 필터만 남기고 타 들어갔을 무렵, 윤철민이 마침내 이야기를 꺼내기 시작했다.

"수사는 어디까지 진전되었습니까?"

"거의 진전이 없습니다."

솔직하게 대답했다. 몇 가지 알아낸 사실이 있기는 하지만 여전히 김정현의 실종 사건과 겉돌고 있는 것은 사실이니까.

"단순 실종일까요? 아니면 혹시….."

말끝을 흐리는 윤철민을 향해 흐릿한 웃음을 지어주었다. 오히려 내가 묻고 싶은 말이었다.

"사망했을 가능성도 충분합니다."

"역시."

이번에도 윤철민은 거의 놀라지 않았다. 담배 한 개비를 새로 꺼내 입에 물면서 내게 질문했다.

"가정불화일 가능성도 있지 않습니까?"

"특별한 문제는 없었던 것으로 보입니다."

"그럼 생명보험 쪽은 알아보셨습니까?"

"그게….."

"자살일 가능성도 배제할 수 없습니다."

미리 준비했다는 듯 속사포처럼 쏘아대는 윤철민의 이야기를 들으며 나는 묘한 느낌을 받았다. 마치 형사와 마주 앉아 있다는 느낌이랄까?

"실례지만 어떤 책을 쓰셨습니까?"

"주로 추리소설을 씁니다. 그리고 우리나라 추리소설 시장이 워낙 작아서 제목을 말씀드려도 모르실 겁니다."

내 질문에 멋쩍은 듯 머리를 긁적이는 윤철민의 대답을 듣고서 나는 고개를 끄덕였다. 실제로 베스트셀러라고 하는 책들의 제목도 모르는 내가 윤철민이 쓴 책의 제목을 들어봤을 가능성은 거의 없을 것이다.

어쨌든 추리소설을 쓰는 작가라니. 예리한 질문을 던져내는 데는 이유가 있었다.

"재밌군요. 김정현 씨와는 무척 친했다고 들었는데."

"네. 포장마차에서 몇 번 술자리를 가진 적이 있었습니다."

"두 분이서만 술을 드셨습니까?"

"그렇습니다. 그 친구는 성격이 차분해서 말이 많은 편이 아니었습니다. 쉽게 속내를 드러내지 않아 다른 작가들과 친해지기 힘들었지요. 어쩌면 그게 오히려 저와는 친하게 지냈던 계기가 된 것 같습니다. 제 성격이 워낙 덜렁대는 편이라서."

윤철민의 말은 거짓이었다. 겉으로는 덜렁대는 것처럼 보였지만 윤철민 역시 성격이 차분하고 꼼꼼했다. 이건 조금만 생각해 보면 알 수 있다. 차분하고 꼼꼼한 성격이 아니라면 단 한 치의 빈틈도 허용하지 않는 추리소설을 쓰지 못할 테니까.

내가 보기에는 윤철민의 덜렁대는 겉모습이 아닌 차분하고 꼼꼼한 내면을 김정현이 엿보았기에 친해지는 계기가 된 듯 보였다.

"두 분이서 만나시면 보통 어떤 이야기를 나누십니까? 서로의 글

     행운흥신소 사건일지

에 대한 이야기를 하십니까?"

"아닙니다. 일반 사람들은 작가들끼리 만나면 서로의 글에 대한 이야기를 나눌 것이라 생각하지만 실제는 그렇지 않습니다. 오히려 서로의 글에 대한 이야기는 알아서 피하는 편입니다."

"왜죠?"

"글쎄요. 자존심이라고 할까요? 사람마다 다르기는 하지만 기본적으로 글을 쓰는 작가는 자신의 글에 대한 자부심이 강합니다. 왜 그런 이야기도 있지 않습니까? 작가에게 있어서 글은 자식과 같다는."

어디선가 얼핏 들었던 것도 같다. 물론 직접 경험하지 못해서 정확히 어떤 기분인지는 알 수 없지만.

"잘났던 못났던 자식은 모두 소중합니다. 그런 자식에 관해서 이러쿵저러쿵하다 보면 싸움이 일어나기 일쑤죠. 그래서 보통 세상 돌아가는 이야기나 신변잡기 위주로 이야기를 나누는 편입니다."

이 이야기를 듣고 나니 더 궁금해졌다. 윤철민이 내게 털어놓고 싶은 이야기가 무엇인지. 그런 낌새를 눈치챈 것일까? 담배를 폐부 깊숙이 빨아들인 윤철민이 심각한 표정으로 말을 꺼냈다.

"아마 사 개월 전쯤인 것 같습니다. 그날따라 그 친구 표정이 무척이나 어둡기에 무슨 일이 있냐고 물었더니 한참이나 망설이다가 내게 이야기를 꺼내기 시작하더군요. 요즘 너무 힘들다고."

"힘들다는 말을 직접 꺼냈습니까?"

"네. 사실 저도 처음 그 이야기를 듣고서는 잘 이해가 가지 않았습니다. 당시 그 친구가 썼던 책은 입소문을 타면서 무척 인기가 있었거든요. 홍보도 거의 할 수 없는 작은 출판사에서 출판된 책 치고는 이례적이라고 할 정도로 많이 팔렸으니까요. 그래서 대체 뭣 때문에 힘드냐고 물었더니 의외의 고민을 털어놓았습니다."

퍼뜩 머릿속으로 두 가지 생각이 스치고 지나갔다. 홍윤아? 아니면 실직으로 인한 생계 위협? 그러나 윤철민은 내가 생각해 본 적이 전혀 없었던 의외의 이야기를 꺼냈다.

"악플, 그러니까 악성 댓글 때문이라고 하더군요."

이건 또 무슨 뚱딴지 같은 소리인가, 하는 생각이 들었다. 하지만 윤철민의 표정은 심각할 정도로 진지했다.

"하지만 그것 때문에…."

"저도 그 이야기를 처음 들었을 때는 가볍게 생각하고 웃어 넘겼습니다. 신경 쓰지 않으면 된다고 말했죠. 하지만 그 친구의 표정이 워낙 심각했던 것이 마음에 걸려서 집으로 돌아와 인터넷으로 한번 검색을 해 봤습니다."

"그랬더니?"

"제 생각보다 훨씬 심각했습니다. 인터넷이라는 것이 무섭더군요. 익명성이 보장되는 곳인 만큼 온갖 욕설과 비방이 난무했어요. 솔직히 말하면 그 친구가 안쓰러워서 눈물이 찔끔 날 정도였습니다."

윤철민의 말을 듣다 보니 기억이 났다. 자신에 대한 기사에 달린 악성 댓글로 인해 심한 마음의 상처를 입고 자살하는 연예인들에 대한 이야기들이. 물론 자세한 속사정까지야 알지 못했지만 표면적으로는 악성 댓글이 그 연예인의 죽음에 큰 역할을 했다는 것은 틀림없었다.

하지만 여전히 이해가 가지 않았다. 고작 누가 달아놓은 것인지도 모르는 악성 댓글로 인해 죽는다는 것이 내 상식으로는 도무지 이해가 되지 않았다. 그리고 윤철민은 추리소설을 쓰는 작가답게 내 심리를 잘 간파했다.

"물론 사람마다 다르다고 생각합니다. 하지만 제가 아는 김정현 작가는 마음이 여린 사람이었습니다. 충분히 충격을 받고도 남았을 겁니다."

"그럴 수도 있겠군요."

"심지어 그 친구는 제게 더 이상 글을 쓰고 싶지 않다고까지 말했습니다. 그만큼 심리적인 동요가 컸다는 뜻이지요."

사진 속에서 환하게 웃고 있던 김정현의 얼굴이 떠올랐다. 세상의 풍파 따위는 겪지 않았을 것 같았던 그의 얼굴이 떠오르자 어쩌면 그럴 수도 있다는 생각도 들었다. 아직 속단하기는 일렀지만.

그때 갑자기 한 가지 궁금한 것이 생겼다. 어쩌면 이번 실종 사건과는 크게 관련이 없을지도 모르지만 윤철민이라면 알지도 모른다는 생각이 들었다.

"김종학 씨를 만났을 때 그런 얘기를 하더군요. 김정현 씨와 차기작을 계약하고 싶었는데 결국 실패했다고. 알고 계십니까?"

"네, 알고 있습니다."

"혹시 다른 출판사와 계약했습니까?"

내 질문이 난처한 듯 잠시 주저하던 윤철민은 김정현이 실종된 마당에 더 숨길 것도 없다는 생각이 든 듯 털어놓았다.

"동틀녘 출판사와 계약했다고 하더군요. 국내에서 다섯 손가락 안에 드는 메이저 출판사 중 한 곳이지요."

"대단하군요. 그런데 김종학 씨 말로는 김정현 씨는 인세에 크게 신경 쓰는 사람이 아니었다고 하던데. 김종학 씨가 잘못 알았던 겁니까?"

"그건 사실입니다. 그 친구는 인세 때문에 다른 출판사를 택한 것은 아닙니다."

"그렇다면 뭡니까?"

"결국은 홍보력과 판매망 때문이죠. 대형 출판사와 영세 출판사는 홍보력과 판매망이 비교할 수 없을 정도로 큰 차이가 나니까요. 그리고 그 친구의 결정이 절대 비난받을 일은 아니라고 생각합니다. 자신이 쓴 글이 베스트셀러가 돼서 더 많은 사람들에게 읽히기를 바라는 것은 작가라면 누구나 가지는 바람이니까요."

자신의 일처럼 열변을 늘어놓는 윤철민을 바라보며 마지막 질문을 던졌다.

"부러우셨겠네요?"

예상치 못한 질문이었던 듯 윤철민이 움찔했다. 그야 뭐, 하며 대충 말끝을 얼버무리는 윤철민을 바라보다 보니 아까 그가 던졌던 질문들이 떠올랐다.

추리소설 작가라면 그 정도 질문을 던지는 것은 당연한 것일까? 씁쓸한 듯 담배를 뻑뻑 피워대고 있는 윤철민도 수상하기는 마찬가지다. 어쩌면 모든 사람을 용의선상에 올려놓던 형사 시절의 습관이 살아나기 시작한 것인지도 모르겠다.

*

퇴근 시간이 다 되어서야 사무실에 돌아왔다. 오래간만에 사장이 사무실로 돌아왔건만 얼음공주는 전혀 신경 쓰지 않고 일관되게 손톱을 손질하고 있었다.

신기하다. 저렇게 하루도 빼놓지 않고 손톱 손질을 하는데도 여전히 손톱이 남아 있는 것을 보면.

"뭐해?"

"신경 꺼!"

말 붙이고 싶지 않은 것은 나도 마찬가지다. 하지만 오늘은 어쩔 수 없다. 사무실에는 컴퓨터가 한 대뿐이다. 원래는 사장인 내 책상 위에 놓여 있었지만 어느 날 보니 직원에 불과한 얼음공주의 책상 위로 옮겨져 있었다. 아마 내가 월급을 주지 못했을 무렵이었던 것 같다. 아침에 출근해서 황당한 표정을 짓고서 대체 왜 이런 몹쓸 짓을 했냐고 묻는 내게 얼음공주는 특유의 나른한 표정을 지은 채 대답했다.

"인질."

월급 대신 컴퓨터를 인질로 잡고 있다는 대답을 듣자마자 기가 막혔지만, 지은 죄가 있어서 꾹꾹 눌러 참았다. 어차피 잘 사용하지도 않는 컴퓨터였기에 미련도 없었다. 하지만 오늘은 컴퓨터를 사용할 일이 생겼다.

사정을 이야기하고 얼음공주의 따뜻한 배려 덕분에 의자를 옆으로 가져와 나란히 앉은 채 포털 사이트를 열었다. 그리고 검색어에 김정현이 쓴 책의 제목을 입력했다.

내가 예상했던 것보다 훨씬 많은 자료가 검색되었고 대충 훑어보던 나는 우선 눈에 띄는 제목의 자료를 클릭했다.

- 사랑은 두 번 울지 않는다. 인간의 심리를 세심하게 묘사한 진정한 수작

창이 새로 열리며 '김정현 짱'이라는 아이디를 가진 사람이 써 놓은 전체 글이 나타났다.

- 소재는 불륜이다. 그래서 처음에는 흔하디 흔한 불륜 소설이라고 생각했는데 책을 읽어보고 그 생각이 바뀌었다. 마치 무라카미 하루키의 글을 읽는 듯한 느낌이랄까? 때로는 너무나 현실적으로, 또 때로는 환상을 곁들여 여주인공이 겪는 심리 변화를 섬세하게 표현해 냈다. 결론은 불륜이 아니냐고 단순한 질문을 던질 수도 있지만, 김정현이라는 작가는 그 불륜을

세심한 심리 묘사를 통해서 너무나 아름답게 그려냈다….

"무라카미 하루키가 누구야?"

"일본 사람."

그 정도는 나도 안다. 미국 사람이 저런 이름을 쓰지는 않을 테니까.

"유명해?"

"한국 축구 국가대표팀의 박지성 정도."

얼음공주의 이번 비유는 아주 적절했다. 단숨에 이해가 갔다.

다시 검색된 자료를 훑어가다 또 다른 자료를 클릭했다.

─ 사랑은 두 번 울지 않는다는 불륜 조장 소설. 과연 이런 더러운 책이 나와도 되는가?

창이 새로 열리며 이번에는 '미쳐가는 세상' 이란 아이디를 쓰는 자가 써놓은 전체 글이 나타났다.

─ 평을 쓰고 싶은데 솔직히 말해서 길게 쓸 가치도 없다. 이딴 것도 소설이라고 나온다니 기가 막힐 따름이다. 아주 막 가자는 거지. 이따위 책을 읽느라 내 아까운 시간만 버렸다는 생각을 하니 작가놈을 쳐 죽이고 싶다.

뭐야 이거? 딱 세 줄로 끝났다. 그리고 갑자기 머리가 멍해졌다.

　김정현이 쓴 책은 나도 읽었다. 마지막 결론이 조금 마음에 들지 않았지만 이 정도 욕을 먹을 만큼의 글은 아니었다. 아직 스크롤이 많이 남아 있기에 마우스로 스크롤을 내리자 원글 밑에 달린 댓글들이 모습을 드러냈다.

　– 미친 거 아냐? 그딴 것을 읽느라 시간을 보냈다니.
　– 글 쓴 새끼의 머릿속을 해부하고 싶다. 제정신이냐?
　– 이거 읽고 좋다는 여자들은 미친 것 아냐?
　– 내가 발로 써도 이거보다는 낫겠다.
　– 미쳤구나. 쓸데없는 데 아까운 시간과 정력을 낭비하지 말고 아꼈다가 클럽에 가서 써라.

　얼핏 보아도 댓글은 수십 개에 달했다. 그리고 대부분의 댓글들이 이런 식이었다.
　"뭐야? 이 새끼들은."
　가만히 읽다 보니 욱 하고 속에서 뭔가가 치밀어 올랐다. 머지않아 소설가로 데뷔하게 될 나이기에 더 흥분했을지도 모른다.
　"양호하네."
　그리고 내가 흥분하고 있을 때, 곁눈질로 모니터를 바라보고 있던 얼음공주가 시니컬한 목소리로 이해할 수 없는 말을 꺼냈다.
　"양호하긴 뭐가?"
　"이 정도면 양호한 편이지. 적어도 부모 욕은 안 하잖아."

금세 흥미가 사라진 듯 다시 손톱을 다듬는 데 집중하고 있는 얼음공주의 옆모습을 멍하니 바라보았다. 그리고 그제야 악성 댓글이라는 것이 내가 처음 생각했던 것보다 훨씬 심각한 문제임을 깨달았다.

"기분이 어떨까?"

"뭐가?"

"만약 누가 너에 대해서 이런 댓글을 남긴다면?"

"신경 안 써."

심각하게 물었던 내 얼굴이 화끈거릴 정도로 성의 없는 대답이었다. 하긴 얼음공주에게 이런 질문을 던진 내가 잘못이었다. 병신 같은 짓을 했다며 후회하고 있을 때 얼음공주가 한마디 더 던졌다.

"그런데 만약 옆에 있다면 죽여버릴 거야."

섬뜩하기 그지없는 대답이었지만 이상하게 별로 거부감이 들지 않았다. 만약 내가 쓴 소설에 이런 식의 댓글이 달렸다면 하고 생각해 보자 나도 얼음공주와 같은 심정이었다.

"이거 쓴 놈들 찾지는 못하나?"

"내버려 둬."

"그래도….'

"책을 제대로 읽어보지도 않은 새끼들이야. 그냥 지나가면서 재미로 한마디씩 댓글을 단 애들이 태반일 걸."

"읽어보지도 않은 새끼들이 왜 댓글을 달아?"

"재밌으니까 여기다 스트레스를 푸는 거지. 이렇게 쓴다고 해서 누가 잡으러 오는 것도 아니니까.”

“…….”

“발로 쓰면 한 글자도 못 쓸 놈들이 손가락만 살아가지고.”

마지막 말은 얼음공주가 오래간만에 던진 농담인 것 같은데 제대로 귀에 들어오지 않았다.

아프다. 김정현과 실제로 만난 적이 없는데도 불구하고 내 가슴이 아플 정도다. 내가 이 정도인데 당사자인 김정현은 자신의 글에 달린 이 악성 댓글들을 보고 대체 어떤 기분이었을까 하는 생각이 들었다.

솔직히 모르겠다. 이해가 갈 듯도 하지만 김정현이 이 댓글을 확인하고 어느 정도의 충격을 받았는지 나로서는 확신할 수가 없다. 결국 난 당사자가 아니니까. 다만 한 가지, 처음으로 인터넷이 무섭다는 생각이 들었다.

살인, 그러니까 다른 사람을 죽이는 것은 결코 쉬운 일이 아니다. 하지만 의외로 쉽게 일어나는 것이 살인이기도 하다. 살인이라는 범죄는 마치 대단한 사람들만이 저지르는 것처럼 알고 있지만, 속사정을 알고 보면 딱히 그렇지도 않다.

교통 위반은커녕, 길바닥에 침 한 번 뱉은 적 없는, 정말 법 없이도 살 수 있을 것 같은 착한 사람도 살인자가 되는 경우는 허다하다. 그리고 살인이라는 엄청난 범죄를 저지르는 동기도 다양하다. 돈, 치정, 원한 등등. 정말 대단한 이유로 살인을 저지를 것 같지만

행운흥신소 사건일지

아주 사소한 이유로 사람을 죽이는 경우도 많다. 예를 들면 길을 지나다가 어깨가 부딪혔다는 이유로 살인을 저지르거나, 그저 째려보았다는 이유로 살인을 하는 경우도 있다.

심지어는 아무런 이유도 없이 살인을 하는 놈도 많은 엿 같은 세상이다. 그리고 누군가를 죽이겠다는 살의만 품는다면 사람을 죽이는 것이 크게 어렵지 않다. 살인을 실천에 옮기기 위한 도구나 방법은 조금만 관심을 가지고 찾아보면 사방에 널려 있으니까.

"아마 죽고 싶었을 거야."

김정현의 입장이 되어 생각해 봤다. 아무도 없는 어두운 서재에서 두려운 마음으로 마우스를 아래로 내리며 댓글들을 읽어 내려가는 그의 심정은 어땠을까?

윤철민의 말대로라면 글은 작가의 자식이었다. 짧게는 수개월에서 길게는 몇 년의 산고를 거치면서 세상에 내놓은 소중한 자식이 비난받고 있었다. 그것도 처절할 만큼 잔인한 말들로 소중하기 그지없는 자식을 난도질해서 장애아, 아니 사생아로 만들어버리고 있었다.

깊이 생각하지도 않고 재미로 동참해서 툭툭 던지는 한마디로 인해 소중한 자식이 죽었다면 어떤 심정인지 짐작이 갔다. 자식을 향해 던지는 그 말들이 비수가 되어 부모인 김정현의 가슴 깊숙이 틀어박혀 서서히 곪아갔을 것이 틀림없었다.

입 안이 까칠해졌다. 그래서 나도 모르게 담배를 빼어 물고 불을 붙일 때, 얼음공주가 뿌연 담배 연기를 모니터로 내뿜으며 한마디 던졌다.

"죽고 싶은 게 아니라 죽이고 싶었을 거야."

얼음공주가 내뿜은 담배 연기로 인해서 모니터 안의 글자들이 흐릿해졌다. 그와 동시에 나는 고개를 끄덕였다. 길을 지나다가 어깨가 부딪혔다고, 아니면 그저 째려 보았다고, 심지어는 아무 이유도 없이 살인이 벌어지는 엿 같은 세상이다. 이런 살벌한 세상에서 이 정도면 살인 동기로는 차고 넘친다. 아까도 말했지만 살인은 그렇게 어렵지 않다. 동기가 있고, 누구를 죽이겠다는 결심만 서 있다면.

하지만 여전히 문제는 있다. 이들은 김정현의 앞에 나타나지 않는다. 고작 영문자와 숫자의 조합에 불과한 아이디만을 드러내놓은 채 김정현의 소중한 자식을 죽게 만들었다. 게다가 한두 명이 아니었다. 이들을 모두 죽이는 것은 불가능했다.

"누구를?"

다시 한 번 생각이 막힐 무렵, 얼음공주가 나른한 표정을 지은 채 대답했다.

"나라면 한 명만 죽였을 거야. 찾기 제일 쉬운 놈. 그리고 앞장서서 나대는 놈."

"그게 누구지?"

"카페 주인!"

얼음공주의 대답을 이해할 수 없어 눈을 껌벅였다. 느닷없이 카페 주인이라니.

     행운흥신소 사건일지

“무식한 컴맹!”

그런 내 표정을 확인한 얼음공주가 한심하다는 표정을 만면에 지었다.

여전히 사장의 권위를 밥 먹듯이 무시하는 얼음공주의 발언이었지만 탓할 생각도 하지 못했다. 얌전히 앉아서 얼음공주의 간략한 설명을 듣고서야 인터넷 상의 카페라는 것에 대한 개념이 잡혔다. 그리고 조금 전 얼음공주가 왜 카페 주인이라고 말했는지도 이해가 갔다.

“설마 너도 카페에 가입해 있어?”

“물론이지.”

얼음공주가 또 한 번 나를 놀래켰다. 카페에 가입해 있다니. 알고 보니 바쁜 사람이었다. 퇴근 시간을 칼같이 지키는 데는 다 이유가 있었다.

“어떤 카페에 가입해 있는데?”

“밸리댄스를 사랑하는 사람들!”

하마터면 입 속에 머금고 있던 물을 모니터 위에 뿜을 뻔했다.

밸리댄스라니. 내 반응에 마음이 상한 듯 얼음공주가 눈을 가늘게 치켜뜨고 노려보았지만 도저히 참을 수가 없었다. 싸늘한 눈빛을 한 얼음공주가 요상한 옷을 입고 무대 위에서 요염하게 허리를 흔들고 있을 모습이 상상이 가지 않았다.

나를 바라보는 얼음공주의 차가운 눈빛이 점점 매서워진다는 것을 느낀 나는 다시 모니터로 시선을 돌렸다. 그리고 과연 그런 카페가 존재할까 하는 내 생각과 달리 카페는 실제로 존재했다.

'불륜 조장 소설. 사랑은 두 번 울지 않는다' 카페명을 누르자 손쉽게 카페로 접근할 수 있었다. 가장 먼저 눈에 띈 것은 김정현이 쓴 책의 표지 위에 붉은 색으로 커다랗게 X자가 그려진 디자인이었다.

카페 회원은 총 32명, 많은 수는 아니었다. 그리고 게시판에 올라와 있는 글들을 읽으려 했지만 카페에 가입하지 않았다는 이유로 불가능했다.

"가입해야 하나?"

"아마 어려울걸."

"왜?"

"게시판의 날짜를 봐. 7월 23일이 카페 주인이 올린 마지막 글이야. 벌써 삼 개월도 넘게 들어오지 않았다는 뜻이지. 카페 주인의 승인이 없으면 회원으로 가입할 수 없다는 것 정도는 알지?"

카페가 있다는 것도 지금 알았는데 그딴 것을 알 리가 없었다. 하지만 더 이상 무시당하고 싶지 않아 조용히 고개를 끄덕였다.

"삼 개월 정도 됐네. 카페 주인이라는 놈이 들어오지 않은 지. 김정현이 실종된 시기와 비슷한데."

이거 제대로 짚었다는 직감이 왔다.

"만나봐야겠어."

"어떻게?"

"그건 지금부터 고민해 봐야지."

당연하다는 듯 돌아온 얼음공주의 질문을 듣고 나는 머리를 긁적였다.

'선각자'. 현재 내가 가진 카페 주인에 대한 정보는 아이디 하나뿐이었다.

혹시나 하는 마음에 얼음공주의 도움을 받아서 회원 정보를 확인해보았지만 모조리 비공개였다.

《사랑은 두 번 울지 않는다》라는 소설에 대해서 할 말이 있으니 답장 부탁한다고 메일을 보낸 후, 다음 날까지 기다려 보았지만 결국 답장은 돌아오지 않았다. 하지만 답장이 올 때까지 무작정 기다리고 있을 수만은 없었다.

"그 집 개를 두드리면 주인이 튀어나오는 법이지."

고민 끝에 결심을 했다. 카페에 가입해 있는 회원은 모두 더해도 겨우 서른두 명밖에 되지 않았다. 이렇게 멍하니 손을 놓고 있느니 차라리 그들에 대해 하나도 빼놓지 않고 조사해 보기로.

이미 삼 개월 전에 마지막 글이 올라온, 어느새 잊혀져 가고 있는 카페였지만 그 전에 작성했던 게시물들은 아직 남아 있었다. 대부분의 게시물들이 카페 주인인 '선각자'라는 아이디를 가진 카페 주인이 작성한 글이었지만 몇 개의 게시물들은 다른 아이디를 가진 회원들이 작성한 것이었다.

　－가입 인사입니다.

　'소설가 지망생' 이라는 아이디로 등록되어 있는 게시물을 클릭했다.

　－혹시나 해서 들어와봤는데 역시 이런 카페가 만들어져 있군요. 운영자님 힘내세요. 저도 앞으로 열심히 활동하겠습니다.

　뭐야, 이놈은. 내용은 짤막했다. 그리고 열심히 활동하겠다는 굳은 의지는 온데간데 없이 '소설가 지망생' 이라는 아이디를 가진 놈이 작성한 게시물은 그게 마지막이었다. 혹시나 하는 마음에 회원 정보를 확인해 보았지만 역시 내가 했던 예상대로 모두 비공개 상태였다.

　아쉬운 마음으로 이번에는 '소라 포에버', '리버풀', '블리츠'라는 아이디를 가진 놈들의 회원 정보를 확인해 보았지만 역시 비공개 상태였다.

　"치사한 놈들!"

　물론 겨우 이 정도로 지친 것은 아니었다. 다만 조금 초조해지기 시작했다. 이제 이 카페의 주인인 '선각자'가 남긴 게시물이 아니라 회원 아이디로 남긴 게시물은 단 하나밖에 남아 있지 않았다.

　　　　　　　　　　　　　　　　행운흥신소 사건일지

　- '사랑은 두 번 죽지 않는다'를 낱낱이, 그리고 잔인하게 해부한다.

　아이디는 'Lupin', 그 아이디를 확인한 순간, 혀를 내밀어 입술을 훑었다.

　루팡은 내가 제일 싫어하는 도둑이다. 워낙에 영특해서 잡히지도 않고 형사들의 골머리를 썩게 만든 장본인이니까. 이유를 알 수 없는 적의를 느끼면서 게시물의 내용을 살펴보았다.

　- 이 책을 읽고 충격을 받았다. 굳이 표현하자면 전치 8주 정도의 후유증이랄까. 전형적인 불륜 소설에 내용은 진부하기 그지없다. 솔직히 궁금하다. 작가 놈이 감히 이딴 책을 쓰고도 발을 편히 뻗고 잠을 잘 수 있을까가.

　이놈이 가진 궁금증은 내가 해결해 줄 수 있을 것 같다. 아마 김정현은 발을 편히 뻗고 잠을 자지 못했을 것이다. 모르긴 몰라도 어두컴컴한 서재에서 불도 켜지 못하고 폐가 썩어문드러질 때까지 담배를 피워댔겠지. 김정현은 마음이 여린 사내였으니까. 그리고 난 이 사실을 알려주고 싶었다. 그것도 얼굴을 마주보고서 직접 말해주고 싶었다. 초조한 마음으로 회원 정보를 확인했다.

　"얏호!"

　나도 모르게 환호성을 지르며 벌떡 일어났다. 얼음공주가 그런 나를 드디어 미쳤냐는 듯이 바라보았지만 상관없다.

드디어 두드릴 개를 찾았다. 그리고 이놈은 감히 'Lupin'이라는
아이디를 쓸 자격이 없다. 내게 꼬리를 잡혔으니까.

이름 : 김준영

전화번호 : 010 - xxxx - xxxx

주소 : 서울시 송파구 신천3동 늘봄아파트 105동 204호

'Lupin'이라는 아이디를 가진 놈의 회원 정보였다. 그리고 이 정
도로 상세한 정보를 가지고도 'Lupin'이라는 아이디를 가진 놈을
찾지 못한다면 흥신소 사장을 때려치우고 전직을 심각하게 고민해
야 한다.

내가 이놈과 마주친 것은 늘봄아파트 앞의 놀이터에서였다. 105
동 204호에서 남자와 여자가 나오는 것을 확인하고서 지체하지 않
고 따라붙었다. 그리고 두 사람의 뒤를 따라가면서 놀이터 앞에서
회원 정보에 적혀 있던 전화번호를 누르자 십 미터쯤 앞에서 걸어
가고 있던 남자와 여자 중 남자가 전화를 받았다.

"여보세요?"

"김준영 씨 휴대전화인가요?"

"네, 그런데요. 누구시죠?"

"반가워. 루팡!"

도망가지 못하게 김준영의 어깨를 잡아챘다. 그런데 흠칫 놀라며

　　　　　　　행운흥신소 사건일지

몸을 돌리는 김준영의 얼굴을 확인한 순간 놀랐다. 180cm는 족히 될 법해 보이는 큰 키 때문에 성인일 것이라고 생각했는데 마주한 얼굴은 아직 앳된 기운이 남아 있었다. 겨우 중학생 정도로밖에 보이지 않는 김준영을 확인하고서 잠시 멍하니 서 있자, 그가 먼저 입을 뗐다.

"아저씨는 누구세요?"

김준영은 경계하는 눈빛을 던지고 있었다. 그 시선을 피하지 않은 채 점퍼 속으로 손을 집어넣었다. 그리고 김준영이 카페에 작성했던 글을 출력해 온 종이를 펼쳤다.

"이거 네가 쓴 거지?"

내가 앞으로 내민 종이를 살피던 김준영의 눈빛이 흔들리는 것을 놓치지 않았다.

"이딴 것 몰라요."

"네가 궁금하다고 그랬잖아. 그 대답을 해 주려고 여기까지 찾아왔어."

김준영이 한 걸음 뒤로 물러났다. 아마도 내가 김정현이라고 생각한 것이겠지.

"대체 무슨 소리를 하는 거예요?"

"그렇게 시치미를 떼도 소용없어. 다 알고 찾아왔으니까. 자신이 없다면 그딴 글을 남기지 말았어야지."

"뭐예요? 아저씨가 그 책을 쓴 작가라도 돼요?"

물론 나는 김정현이 아니다. 하지만 김정현을 대신해 말을 전해 줄 자격은 있다.

"아니, 그 책을 쓴 작가는 죽었어."

김준영의 안색이 창백하게 변했다. 그리고 발악하듯 소리쳤다.

"그게 나랑 무슨 상관인데요."

인간이란 위험에 닥치면 누군가에게 기대려는 경향이 있다. 그리고 지금의 김준영에게는 그의 곁에 서 있는 어머니에게 기대는 것이 당연한 수순이었다.

"당신 뭐야? 왜 착한 우리 아이한테 찾아와서 이상한 소리를 늘어놓는 거야?"

김준영을 뒤로 숨기듯 한 걸음 앞으로 나서며 그의 어머니가 쏘아보았다. 나는 험상 궂은 조직 폭력배 따위는 하나도 무섭지 않았지만 대한민국의 아줌마들은 무서워한다. 그것도 하나밖에 없는 자식을 감싸기 위해 모성애를 발휘하는 아줌마들은 더욱더. 하지만 나도 어렵게 찾아온 이상, 할 말은 해야 했다.

나를 노려보는 아줌마의 눈빛을 슬그머니 피하는 대신 잔뜩 겁을 집어먹은 표정의 김준영을 향해 입을 뗐다.

"사람이란 말이야 비슷하게 생겼을 뿐 신기할 정도로 모두 달라. 그러니까 아픔을 느끼는 감각도 모두 다르지. 같은 말을 듣는다고 해도 어떤 사람은 면역 체계가 뛰어나서 아무렇지도 않은 반면, 어떤 사람은 죽을 만큼 아파하기도 하니까."

"……."

"물론 너 때문에 그 책의 작가가 죽었다는 말은 아냐. 다만 내가

　　　　　　　행운흥신소 사건일지

하고 싶었던 말은 이거야. 총에 맞거나 칼에 찔려서 죽어가는 사람을 본 적 있니? 네 두 눈으로 직접 보았다면 마음이 아파서라도 나는 총을 쏘거나 칼로 누군가를 찌르지 말아야지 하고 생각할 거야. 하지만 네가 쏜 총에 맞은 사람이 보이지 않는 곳에서 죽어간다면 미안하다는 느낌도 갖지 못하고 또 함부로 총을 쏘겠지. 내 말, 무슨 뜻인지 알겠니?"

"당신 대체 무슨 헛소리를 하는 거야?"

그래, 아줌마가 내 심오한 말을 이해해 줄 것이라고는 기대하지도 않았다. 그리고 내가 세상을 바꿔보겠다는 거창한 뜻을 품은 사람도 아니다. 다만 여기까지 찾아와서 이 말조차도 하지 않고 돌아간다면 후회하게 될 것 같아서 했을 뿐이다.

아, 그리고 잊을 뻔했는데 확인하고 싶은 것이 있었다.

"하나만 더, 정말 그 책을 읽었니?"

"아…니요."

망설이던 김준영이 꺼낸 대답을 듣고서 휙 소리가 나게 몸을 돌렸다.

'Lupin'이란 아이디를 사용하는 김준영을 직접 만났지만 큰 소득은 없었다. 그를 만나 확인한 것은 한 가지였다. 개를 두드려도 집주인이 나설 기미는 전혀 없다는 것이었다.

카페 주인과 카페 회원의 관계는 마치 마약을 취급하는 점조직과 비슷했다. 그리고 상황이 이렇게 되자 앞이 막막했다. 지금 상황으로서는 컴퓨터 앞에 앉아 카페의 주인인 '선각자' 에게서 답장이 오기를 기다리는 수밖에. 그렇게 고전에 고전을 거듭하고 있을 때, 홍윤아에게서 전화가 걸려왔다.

"혹시 진전이 있나 해서요……."

조심스레 질문을 던지는 홍윤아의 목소리를 듣는 순간, 갑자기 내 기억 속에 뭔가가 떠올랐다. 김정현의 서재에 있는 컴퓨터의 본체 곁에 굴러다니던 종이 조각들!

"저기 남편분은 건망증이 심했습니까?"

"네, 그런 편이었죠. 결혼한 후에도 결혼기념일이나 제 생일을 잊어먹고 챙겨준 적이 한 번도 없었으니까요."

씁쓸한 목소리로 꺼낸 홍윤아의 대답을 듣고서 탁 소리가 나게 무릎을 쳤다. 왜 지금까지 그것을 생각해 내지 못했을까 자책하면서.

아직 확실한 것은 아니지만 충분히 가능성이 있었다. 어차피 이렇게 사무실에 죽치고 있는다고 해서 달라질 것도 없다는 판단이 들자 주저 없이 일어났다. 내 추측이 맞으면 좋은 것이고, 혹시 틀린다 하더라도 원두커피나 한 잔 얻어먹고 홍윤아의 늘씬한 다리를 훔쳐보고 돌아오면 되는 것이었다.

*

여전히 집안은 조용했다. 어서 확인하고 싶은 생각에 홍윤아가 원두커피를 끓이기 위해 부엌으로 들어간 사이, 김정현의 서재로

　　　　　　　　　　　　행운흥신소 사건일지

들어갔다. 다행히 아직 청소를 하지 않은 듯 컴퓨터 본체 옆에 뒹굴고 있던 종이 조각은 그 자리에 남아 있었다. 접혀 있는 종이를 펼쳤다.

qotlswk

20051115

긴장된 마음을 억누르고 컴퓨터 전원을 켰다. 모니터 전원을 켜는 것을 잊지 않고, 포털 사이트의 창을 열었다. 김정현이 건망증이 심했다고 하니 자꾸만 잊어먹는 것에 불편함을 느껴서 아이디와 비밀번호를 어딘가에 적어두었을 가능성은 충분했다. 그리고 아이디와 비밀번호를 알면 송수신한 메일을 확인할 수 있었다.

아이디 란에 qotlswk를, 비밀번호 란에 20051115를 넣고 로그인을 시도했다.

제발 맞아라! 하지만 내 간절한 바람은 이루어지지 않았다. 내 바람을 비웃듯이 존재하지 않는 아이디라는 메시지가 떴다. 그러나 포기하기는 일렀다.

포털 사이트는 하나만 있는 것이 아니었다. 다른 포털 사이트를 열고 다시 한 번 같은 방식으로 입력한 후 로그인 버튼을 눌렀다. 그리고 이번에는 내 바람이 들어맞았다.

'qotlswk님 환영합니다.'라는 메시지가 뜨는 것을 확인하고 혀를 내밀어 바싹 마른 입술을 훑었다.

"그래, 나도 반가워죽겠다."

자그맣게 중얼거리며 메일함을 열었다. 읽지 않은 메일의 수가 75건. 대부분이 스팸 메일이었다. 컵라면이 채 익기도 전에 대출을 승인해 주겠다거나, 오늘따라 유난히 외로운데 같이 음란한 대화나 나누자고 하는 스팸 메일들. 평소라면 하나하나 확인해 보았겠지만 오늘은 마음이 급했다. 내가 당장 확인하고 싶은 것은 김정현이 읽은 메일들이었다.

제목 없음.
송신 : 선각자

그리고 내가 보고 싶어하던 메일을 마침내 찾았다. '선각자' 라는 아이디는 분명히 카페 주인의 아이디였다.

미친 새끼.
할 말이 있으니 주소를 알려달라고?
그래, 주소 알려줄 테니까 배짱 있으면 한 번 찾아와 봐.
어차피 찾아올 배짱도 없겠지만 만약 온다면 각오 단단히 하고 와.
죽일지도 모르니까.

그리 길지 않은 메일의 내용을 모두 읽은 후에 김정현이 이 메일을 열어 본 날짜를 확인했다.

2011년 7월 28일 오전 3시 45분. 김정현이 실종된 날짜와 정확히 일치했다.

기뻐해야 할까? 갑자기 입 안이 텁텁하게 느껴졌다. 그래서 나도 모르게 담배를 꺼내 입에 물었다.

이 자리였다. 김정현은 지금 내가 앉아 있는 이 자리에 앉아 떨리는 마음으로 메일을 확인했을 것이 틀림없었다. 잠도 제대로 자지 못해 빨갛게 충혈된 눈으로 이 메일을 확인하고 고뇌하고 있었을 김정현의 심정이 고스란히 전해지는 것 같았다.

밤을 꼬박 새우며 고민하다가 결국 마음을 정하고 이놈의 집을 찾아가서 직접 얼굴을 마주했을 것이다. 그리고 죽었겠지.

쨍그랑. 담배 연기를 길게 내뿜을 때, 컵이 깨지는 소리가 들렸다. 그 소리에 놀라서 고개를 돌리자 홍윤아가 주저앉아 있는 것이 보였다. 내가 보이지 않자 원두커피를 들고 서재로 왔다가, 어깨 너머로 메일 내용을 읽고 충격을 받은 듯 보였다.

뭐라고 위로할까? 일어날 생각도 하지 못하고 입을 가린 채 오열하기 시작하는 홍윤아를 바라보다 다시 애꿎은 담배 연기만 허공에 뿜어냈다. 남편은 괜찮을 것이라는 거짓말은 하고 싶지 않았다. 말 그대로 거짓말이니까.

오열하고 있는 홍윤아의 얼굴을 마주할 자신이 없어서 다시 모니터로 시선을 돌렸다. 피처럼 붉은 색으로 강조된 '죽일지도 모르니까'라는 마지막 문구가 왠지 모르게 불길하게 느껴졌다.

*

내키지 않는다. 하지만 해야 하는 일이라는 것도 안다. 처음 이 의뢰를 맡았을 때 살아 있는 김정현을 만나기를 바랐지만, 현실이란 것은 역시 냉정한 놈이다. 결국 내가 만나게 될 것은 살아 있는 김정현이 아닐 것이 거의 확실하다.

어떤 놈일까? 궁금하기는 했다. 얼굴이 보이지 않는 익명성 속에 숨어서 지독하게 독설을 내뿜는 놈은 과연 어떤 놈일지 궁금해서 견딜 수가 없었다. 그래서 더 기다리지 않고 벨을 눌렀다.

세 번이나 벨을 눌렀지만 아무런 대답이 없다. 집에 없으면 담을 넘어서라도 들어가야 하는가에 대해 고민할 때, 다행히 인터폰을 타고 목소리가 흘러나왔다.

"누구세요?"

나직하고 감정이 메마른 느낌이 드는 목소리다.

"가스 점검 나왔습니다."

별다른 의심을 하지 않는 듯 내 대답이 끝나기 무섭게 틱 소리와 함께 잠겨 있던 현관문이 열렸다. 현관문을 열자 넓지 않은 마당이 보였다. 원래는 잔디를 심었겠지만 오랫동안 제대로 관리를 하지 않아 아무렇게나 자란 잡초로 뒤덮인 마당을 지나 집 안으로 들어갔다. 아니나 다를까, 집 안은 마당보다 더 엉망이었다.

현관문을 열고 들어서자마자 코끝으로 확 하고 악취가 밀려들었다. 부엌 겸 거실에는 발 디딜 틈도 보이지 않을 정도였다. 아무렇게나 굴러다니는 빈 컵라면 용기들과 배달시킨 듯 보이는 피자 상자 위에 말라 비틀어진 피자 몇 조각이 붙어 있었다. 그리고 사방에 대충 널브러져 있는 철이 한참 지난 옷가지들까지.

"거실이 지저분하니까 신발 신고 들어와요. 그리고 지금 좀 바쁘니까 대충 하고 가세요."

다행이다. 그렇지 않아도 먼지가 잔뜩 쌓여 있는 바닥을 보고 신발을 벗는 일이 내키지 않았었는데…. 거실 가득 어지럽혀져 있는 쓰레기들을 건드리지 않기 위해 발끝에 신경을 쓰며 거실로 들어섰다.

저 놈이다. '선각자'라는 아이디를 사용하는 게 바로 저놈이었다. 반쯤 열린 방문 틈으로 컴퓨터 앞에 앉아 있는 놈의 뒷모습이 보였다. 기름기가 잔뜩 흐르고 있는 부스스한 머리카락, 그리고 원래는 하얀색이었겠지만 지금은 색이 누렇게 변한 반팔 면 티셔츠를 입은 놈의 시선은 컴퓨터의 모니터에만 고정되어 있었다.

게임인가? 가만히 모니터를 응시했다. 간지 나는 붉은색 망토를 두르고 빛나는 장검을 든 기사가 정체를 파악할 수 없는 괴물들을 향해 검을 휘두르고 있었다. 만신창이가 된 괴물들이 한참이나 떨어져 있는 내게까지 처절하게 비명을 내질렀다. 하지만 놈은 괴물을 동정하지 하지 않았다. 무자비하게 괴물의 몸에 상처를 남겼다. 양손으로 기계처럼 키보드만 누르고 있는 놈의 얼굴을 확인하고 싶었다.

"혼자 사시나 보네요?"

내 질문에 대답하기 위해 놈이 마침내 고개를 돌린다. 놈의 입꼬리가 살짝 말려올라가 있었다. 저 웃음, 본 적이 있었다. 술집에서 일하는 여자를 강간하고 그것으로 모자라 목을 졸라 죽인 범인과 마주했을 때, 그 새끼도 저런 웃음을 짓고 있었다. 조금 전까지 여자의 목을 조르던 양손은 두려운 듯 벌벌 떨리고 있었지만 쾌감을 감추지 못하고 입꼬리가 말려올라가 있었다.

"봐, 이년도 좋아하고 있잖아. 좋아했다니까."

미친놈이 아무렇게나 내뱉고 있는 헛소리라 치부하면서도 목이 졸려 죽은 여자의 얼굴을 내려다 보았었다. 숨이 막혀 고통스럽게 일그러진 얼굴이었는데, 그 여자는 정말 웃고 있었다.

"혼자 살아요."

가스 점검하는 데 그런 것까지 알아야 하느냐는 듯 퉁명스레 한 마디를 던지고 고개를 돌리는 놈의 등을 노려보다 가스렌지가 있는 부엌으로 향했다. 그런 내 눈에 식칼이 보인다.

검은색 플라스틱 손잡이와 길이가 족히 20cm는 되어 보이는 시퍼런 칼날. 이걸로 찌른 걸까? 식칼을 들어 코앞으로 가져갔다. 하지만 피 냄새는 나지 않았다. 세제로 깨끗하게 씻은 걸까? 하긴, 벌써 삼 개월이나 지난 지금 식칼에 피 냄새가 남아 있을 리 없다. 어쩌면 진짜 흉기는 이미 다른 곳에 버렸을지도 모르고.

오랫동안 설거지를 하지 않아 산더미처럼 쌓인 채 곰팡이가 피기 시작한 그릇들을 잠시 바라보다 다시 놈의 등 뒤로 다가갔다.

"끝났습니다."

“가요, 그럼.”

한 번 더 놈의 얼굴을 보고 싶었는데 이번에는 아예 고개조차 돌리지 않고 귀찮다는 듯이 내뱉었다. 하지만 걸음을 옮기지 않고 놈을 살폈다. 운동은 전혀 안 하는 것인지 희고 가느다란 목덜미가 보였다. 그리고 앙상하다는 느낌이 드는 길고 하얀 팔도.

당장에 성큼성큼 방 안으로 걸어 들어가 놈의 목덜미를 움켜쥔 뒤 바닥에 사정없이 내팽개치고 싶었다. 기겁하는 놈의 목덜미를 무릎으로 찍어 누르며 묻고 싶었다. 왜 그랬냐고, 대체 왜 김정현을 죽였느냐고 묻고 싶은 것을 간신히 참았다.

아직은 때가 아니었다. 그리고 난 더 이상 형사가 아니었다. 흥신소 사장에 불과한 내게 중요한 것은 범인을 잡는 것이 아니라 김정현의 사체를 찾는 것이었다.

조용히 거실 밖으로 나갔다. 컴퓨터를 하고 있는 놈이 들을 수 있을 정도로 현관문을 거칠게 닫고서 잠시 그 자리에 서 있다가 조용히 발걸음을 옮겼다. 오랫동안 관리를 하지 않아 잔디 대신 잡초들이 자라고 있는 마당을 뒤지기 시작했다.

아무리 봐도 집 안에 김정현의 시체를 숨길 곳은 보이지 않았다. 악취가 풍기기는 했지만 시체가 썩는 냄새는 아니었다. 그렇다면 남은 곳은 마당뿐이었다.

김정현의 시체를 토막이라도 내서 다른 곳에 버렸을 가능성도 많았지만 그래도 확인해 볼 가치는 있었다. 신중하게 잡초들을 쓸어 넘기며 마당을 살피던 나는 얼마 지나지 않아 고개를 좌우로 꺾었다.

담벽 옆쪽의 흙 색깔이 마당의 다른 흙들과는 달랐다. 게다가 손가락에 힘을 주어 팠을 때 흠집도 나지 않을 정도로 단단했던 다른 지반과 달리 비교적 쉽게 파헤쳐졌다.

미리 준비해 왔던 자그마한 손삽을 가방에서 꺼내 조금 더 깊이 파내려가기 시작했다. 한 번 파헤치고 나서 다시 덮은 지 얼마 되지 않아서인지 땅을 파내려가는 것은 어렵지 않았다.

어느새 이마에 굵은 땀이 맺히기 시작했다. 하지만 땀을 닦을 엄두도 내지 못하고 삽으로 땅을 파내는 도중, 마침내 삽 끝이 뭔가에 걸렸다. 삽을 버리고 다시 손으로 파내자 커다란 검은 비닐 봉투가 모습을 드러냈다. 아니, 검은 비닐 봉투에 둘러싸인 시체였다.

아직 사체가 보이지는 않았지만, 헛구역질이 날 정도로 강하게 풍겨 나오는 악취만으로도 시체라는 것은 충분히 눈치챌 수 있었다. 시체를 들어 올릴 엄두도 내지 못하고 왼손으로 코를 막고 오른손을 비닐 봉투의 끝으로 가져갔다.

검정색 비닐 봉투를 쥐고 있는 오른손 끝에 힘을 주었다. 그리고 힘주어 벗겨내는 순간, 나는 깜짝 놀랐다. 기척도 느끼지 못했는데 그놈이 내 옆으로 다가와 있었다.

"여기서 뭐해요?"

부패가 한참이나 진행되어서 지독한 악취가 풍기는 시체를 곁에 둔 상황에서 던지기에는 어울리지 않는 질문이다.

“가스 점검은 끝났다면서요?”

놀라지도 않았다. 그저 메마른 목소리로 또 한 번 질문을 던지는 놈을 보다 나도 모르게 어울리지 않게 픽 하고 웃음을 흘렸다.

“전화 좀 해 줄래?”

“어디로요?”

“경찰.”

알아들었다는 듯 고개를 끄덕이면서도 놈은 전화를 하기 위해서 움직이지 않는다. 마치 신기한 것을 보았다는 듯 호기심이 발동한 눈으로 시체를 바라보기만 했다.

“처음이에요. 시체를 보는 것은.”

“흔히 볼 수 있는 것은 아니지.”

“그러게요.”

아까까지만 해도 감정이라고는 조금도 섞여 있지 않은 메마른 놈의 목소리에 생기가 감돌기 시작한다. 비로소 놈의 얼굴이 제대로 보인다.

여자처럼 선이 가는 얼굴이다. 햇빛을 받아서인지 더욱 창백하게 느껴지는 놈이 다시 입꼬리를 말아올리며 히죽 웃는다. 부패가 잔뜩 진행된 시체를 코앞에 두고 만족스럽다는 듯이 웃고 있는 놈은 아무리 봐도 정상이 아니다.

“보기 좋니?”

“그냥 그래요.”

“그럼 왜 웃지?”

“좋아 보여서요. 웃고 있잖아요.”

정말 웃고 있나? 헛소리라 생각하면서도 벗겨진 검은 봉투 사이로 드러난 김정현의 얼굴을 향해 시선을 돌렸다.

모르겠다. 정말 웃고 있는 건지는. 그런데 이놈이 하는 말을 들어서인지 왠지 웃고 있다는 느낌이 든다.

“왜 죽였니?”

징그러운 구더기가 기어가고 있는 김정현의 얼굴을 물끄러미 바라보다 아무렇지도 않게 질문을 던졌다.

“몰라요.”

“왜 몰라? 네가 죽였잖아.”

“내가 안 죽였거든요.”

놈은 여전히 비웃으며 김정현을 바라보고 있다. 마치 자신과는 전혀 상관없다는 듯이.

더는 참지 못하고 벌떡 일어나 놈의 멱살을 움켜쥐었다. 더 이상 형사가 아닌 만큼 이것은 내 역할이 아니라는 것을 알고 있었지만 이대로는 도저히 참을 수가 없었다. 거칠게 바닥에 내팽개친 후 놈의 위로 올라탔다.

“거짓말 하지 마!”

“진짜예요.”

“주소를 알려주면서 네 놈이 오라고 그랬잖아. 찾아오면 죽일지도 모른다고 네 놈이 그랬잖아.”

주먹으로 놈의 얼굴을 거칠게 후려쳤다. 퍽 소리가 날 정도로 얼

　　　　　　　　　　　　행운홍신소 사건일지

굴이 돌아간 놈의 입가에 붉은 피가 흘러내렸다. 그리고 김정현의 시체를 눈앞에서 보면서도 차분하기만 하던 놈의 호흡도 마침내 거칠어지기 시작했다.

"씨발, 내가 안 죽였다고."

"그럼 누가 죽였어?"

"몰라. 그걸 내가 어떻게 알아?"

쏘아보는 놈의 눈빛이 섬뜩하다. 앙상한 팔로 나를 밀쳐내려고 하던 놈이 포기한 듯 저항을 멈추었다.

"그 새끼, 겁쟁이야."

"뭐?"

"겁쟁이라고. 여기 찾아오지도 않았단 말이야."

순간 시선이 부딪혔다. 섬뜩할 정도로 빛을 발하고 있는 놈의 시선은 내게 자신의 말이 거짓이 아님을 호소하고 있었다. 그리고 놈의 호소에는 진심이 담겨 있었다.

갑자기 혼란스러워졌다. 그래서 힘껏 찍어 누르고 있던 놈의 몸에서 힘없이 떨어졌다. 담벼락에 기대앉은 채 담배를 꺼내 물었다.

몸을 일으킬 생각도 않고 드러누워 있는 놈을 바라보며 불을 붙였다. 그리고 주머니에서 전화기를 꺼냈다.

"반장님!"

"그래."

"김정현 찾았습니다."

"예상대로인가?"

"네."

"그럼 이젠 우리 소관이군."

반장님의 말이 맞다. 나는 형사가 아니다. 내 역할은 어디까지나 김정현을 찾는 것까지다. 이제 남은 것은 경찰의 몫이다. 후 하고 담배 연기를 내뿜으며 김정현의 시체를 바라보았다. 또다시 입 안이 까칠해졌다.

이래서 실종 의뢰는 맡고 싶지 않았는데. 여전히 드러누워 있는 놈에게로 시선을 돌렸다. 이제 내 손을 모두 떠나버린 사건이지만 마지막으로 한 가지는 묻고 싶었다.

"카페까지 만든 것을 보니 죽일 만큼 싫었나 보지?"

"아니."

"그럼?"

"그냥. 심심해서."

한 대 더 패 버릴까 하는 생각이 들었지만 그마저도 귀찮았다. 입 안 가득 머금었다 내뿜은 담배 연기가 허공으로 흩어졌다.

*

텅 빈 사무실로 돌아와 허물어지듯 의자에 몸을 기댔다. 오는 도중에 전화를 걸어 김정현의 죽음을 알리자 수화기 너머로 오열하는 홍윤아의 흐느낌이 전해져 마음이 더욱 무거웠다.

모두 끝난 걸까? 그래, 적어도 흥신소 사장인 내가 할 일은 끝난

 행운흥신소 사건일지

것이 맞았다. 하지만 이상하게 개운치 않았다.

"진짜였어."

그놈은 살인 혐의를 벗기 힘들 것이다. 아무리 부인한다 하더라도 드러난 정황 증거가 너무 많았으니까. 하지만 자신이 죽이지 않았다고 소리치던 그놈의 눈빛과 마주했던 순간, 그런 확신이 들었다. 이놈은 진짜 범인이 아니라는.

"이제 상관없는 일이잖아!"

머리를 좌우로 흔들며 애써 떠올리지 않으려고 할 때, 휴대전화가 울렸다.

"술이나 한잔 하자."

"네!"

반장님의 제의가 그렇게 반가울 수가 없었다. 바로 사무실을 빠져나와 약속 장소인 숯불구이 집으로 향했다. 잠시 기다리자 반장님이 도착했고 나는 반장님과 마주 앉아 소주잔을 기울이기 시작했다.

"그놈은 어때요?"

삼겹살이 익고 몇 순배 술이 돌아 취기가 올라왔을 때쯤, 슬쩍 운을 뗐다.

"자기가 죽인 게 아니라고 부인하고 있어. 그래도 빠져나가기는 힘들 거야. 증거가 너무 많아."

고개를 끄덕이는 내게 반장님이 다시 물었다.

"네 생각은 어때?"

"그놈이 아닌 것 같아요."

"아닌 것 같다? 이유는?"

"직감이죠."

담배에 불을 붙이며 대답했다. 반장님은 좀 더 많은 이야기를 듣고 싶어하는 기색이었지만, 나는 더 이상 할 말이 없었다. 말 그대로 직감일 뿐이었으니까.

"오랜만에 시체를 보니 기분이 그렇던데요."

"그럴 만도 하지. 게다가 김정현의 시체는 부패가 꽤나 진행된 상황이었으니까."

"삼 개월쯤 된 것 같아요."

"그래, 부검을 해 봐야 사인이나 사망 추정 시간 같은 것을 자세히 알 수 있겠지만 그 정도 된 것 같아."

"어쨌든 끝났네요. 이제 골치 아픈 의뢰는 안 맡으려구요. 제겐 역시 멀쩡해 보이는 남의 가정 뒷조사 같은 것이 어울리는 것 같아요."

그래. 그게 맞았다. 홍신소 사장답게 이번 일은 여기서 깔끔하게 잊기로 했다.

오늘따라 유난히 소주가 쓰게 느껴졌다.

*

간통죄로 고발하기 위해서는 완벽한 증거가 있어야 한다. 그리고

     행운홍신소 사건일지

가장 완벽한 증거는 뭐니뭐니 해도 역시 사진이다. 모텔방에서 남녀가 옷을 벗고 뒹굴고 있는 사진 한 장만 멋지게 찍어내면 그보다 완벽한 증거는 없는 법이다.

"조금 전에 들어간 사람들 몇 호로 들어갔죠?"

"그런 건 왜 물어?"

"형사예요. 지금 들어간 놈이 흉악한 강간살인범인데 같이 들어간 여자가 함정 수사하고 있던 여경이거든요. 급해요."

"정말?"

"여기 신분증."

"308호야."

"비상키는?"

"여기."

비상키를 받아들고 놀란 주인 아주머니에게 고맙다며 살짝 윙크를 해 주었다. 급할 것은 없었다. 느긋하게 엘리베이터를 타고 올라간 나는 308호 문 앞에 멈춰서서 가방을 열고 사진기를 꺼내들었다. 준비가 끝나자 비상키로 문을 열었다. 찰칵 하는 미약한 소리가 났지만 안에 들릴 정도는 아니다. 조심스레 문을 열고 들어가자 벌써 후끈한 열기가 전해진다.

역시 사랑은 뜨겁다. 비록 불륜이라고 하더라도. 그사이 벌써 홀러덩 옷을 다 벗고 밑에 드러누워 있는 여자의 입에서 가느다란 신음 소리가 들린다. 그리고 그 위에 올라탄 남자의 축 처진 엉덩이도. 자연스레 얼굴이 찌푸려졌다. 이제는 나이가 들어 축 처진 중

년 남자의 엉덩이를 정면으로 바라보는 것은 분명 즐거운 일이 아니다. 반대였다면 좋았을 텐데. 그냥 사진을 찍을까 하다가 조금 더 기다렸다. 이런 좋은 구경거리를 놓치는 것은 아무래도 아깝다.

게다가 여자가 꽤나 젊은 데다가 미인이니 금상첨화다. 여자의 신음이 점점 더 강해진다 싶더니 드디어 본게임이 시작되었다. 그 광경을 흐뭇하게 바라보던 나는 서둘러 카메라를 들었다.

조금 지루한 전초전이 끝나고 본게임이 시작된 지 2분도 되지 않았는데 남자의 움직임이 심상치 않다. 언젠가 주부들이 즐겨보는 정보를 전해주는 아침 프로에 등장한 비뇨기과 전문의가 3분 이내에 끝나면 조루라고 했는데. 대머리가 정력이 좋다는 옛말은 아무래도 헛소문인가 보다.

찰칵. 후끈한 열기로 뒤덮인 적당히 어두운 실내에 내가 터트린 카메라 플래시가 섬광처럼 빛을 뿜었다. 굳이 플래시까지 터트리지 않아도 사진을 찍는 데는 충분하겠지만 그것은 내 철저한 직업정신이 용납하지 못한다. 법정에서 증거로 쓰일지도 모르는 중요한 사진이니까.

까아악 하는 여자의 비명 소리와 동시에 당황한 기색이 역력한 대머리 중년 남자가 소리를 질렀다.

"너 이 새끼 뭐야?"

뭐기는. 고객의 요구를 충실히 이행하기 위해 불철주야 열심히 일하는 행운흥신소 사장이지. 그래도 굳이 대답할 정도로 멍청하지는 않다. 보통 이런 경우에 솔직하게 대답하면 욕설과 함께 베개

 행운흥신소 사건일지

나 재떨이가 날아온다는 것을 잘 알고 있기 때문이다.

"자, 치즈!"

다시 한 번 플래시를 터트렸다. 완전히 정신을 차리기 전에 한 장 더 사진을 찍는 것이 필수다. 처음 찍은 것은 대머리 중년인의 뒷모습이니 앞모습도 찍어주는 센스 정도는 기본 소양이다.

법정에서 증거 사진으로 활용될 중요한 사진인 만큼 좀 웃어주면 좋을 텐데. 내 소중한 고객들이 내 바람처럼 그다지 기분이 좋지는 않은 듯 보인다. 뒤늦게 여자가 이불을 끌어당겨 가렸지만 늦었다.

이미 사진은 찍을 만큼 찍었다. 대머리 중년이 옷을 챙겨 입지도 않고 나를 잡으려 했지만 순순히 잡혀줄 정도로 멍청하지는 않다. 엘리베이터를 타고 유유히 일 층으로 내려와 주인 아주머니에게 비상키를 돌려주었다.

"잡았수?"

"지원을 요청해야겠어요. 흉기를 들고 있어서 혼자서는 벅차네요."

흉기라는 말에 주인 아줌마의 얼굴이 굳어지는 것을 보며 차에 올라탔다. 덜덜거리기는 하지만 아직 움직이지 못할 정도는 아니다.

"형사 양반, 여기 도망친… 에그머니나. 흉기 맞네."

어지간히 급했던 듯 팬티 바람으로 달려나온 대머리 중년을 보고 주인 아주머니가 얼굴을 붉혔다. 아무리 급해도 흥분은 좀 가라앉히고 올 것이지. 구경 잘한 보답으로 대머리 중년에게 손을 흔들어주고 출발했다.

　이걸로 오늘도 보람찬 하루 일과를 마쳤다. 이제 뭘 할까 하고 고민하고 있는 찰나에 휴대전화가 울렸다. 액정을 살펴 보니 모르는 번호다.

　"여보세요."

　"나야."

　누구지? 목소리가 고운 여자다. 나이는 스물 서넛, 그리고 나를 잘 알고 있는 듯 보인다. 대체 누굴까? 분명 낯익은 목소리인데.

　"누구세요?"

　내가 모른다는 사실로 인해 기분이 상한 듯 잠시 침묵이 이어지다가 냉랭한 목소리가 귓가로 파고들었다.

　"행운흥신소 직원."

　젠장, 얼음공주다. 기대가 실망으로 바뀌는 데는 오래 걸리지 않았다.

　"김정현 실종 사건, 입금 완료. 수고했다면서 오백만 원 더 입금."

　공돈 오백만 원이 생겼다니 갑자기 힘이 난다. 하여간 예쁜 여자는 역시 마음도 곱다. 가만, 그리고 보니 이제 홍윤아는 보험금으로 7억이나 받은 부자다. 그러니 뭐, 이 정도는 받아도 상관없다는 생각이 들었다.

　"이러다 진짜 국세청에서 나오는 거 아냐?"

　"그보다 하나밖에 없는 직원의 임금을 체불하는 악덕 고용주를 조사하러 노동부에서 먼저 나올걸? 화환 하나 보냈어."

"화환?"

"오늘이 김정현 장례식이래."

벌써 그렇게 시간이 흘렀나? 가야 할지 말아야 할지 망설여졌다. 왠지 가면 다시 복잡한 일에 말릴 것 같은 불안감이 들었지만 결국 나는 찾아가 보기로 결심했다. 모르는 사이도 아닌데 가서 하얀 국화라도 한 송이 놓고 와야 마음이 편할 것 같았다. 유턴하기 위해 거칠게 핸들을 꺾다 보니 홍윤아의 집 거실에 걸려 있던 사진 속에서 환하게 웃고 있던 김정현의 얼굴이 갑자기 떠올랐다.

기분이 이상했다. 이미 죽은 김정현이 자꾸만 나를 부르는 것 같았다.

흰색 소복을 입고 앉아 있는 홍윤아의 안색은 파리했다. 금방이라도 쓰러지는 것이 아닐까 하는 걱정이 될 정도로. 그래도 그녀는 나를 보고 인사하는 것을 잊지 않았다.

"오셨어요?"

홍윤아의 얼굴을 마주하니 그녀가 끓여주는 원두커피를 마시고 싶었지만 여기는 장례식장이다. 나도 개념은 있다.

가볍게 인사를 하고 영정사진을 바라보았다. 영정사진 속에 있는 김정현의 얼굴은 잔뜩 굳어 있었다. 뭔가 불만이 있는 것처럼 딱딱하게 굳어진 그 얼굴을 마주하자 이상하게 미안했다. 하얀 국화 한 송이를 앞에 놓고 몸을 돌리자 홍윤아가 잠에서 깬 듯 울고 있는 민지를 달래고 있었다.

"네가 민지구나."

두 번째였다. 하지만 처음 만났을 때는 거실이 너무 어두워서 얼굴이 보이지 않았으니까, 실제로 얼굴을 자세히 보는 것은 이번이 처음이다. 그런데 내 목소리를 듣고 고개를 돌리는 민지를 보고서 나는 그대로 굳어졌다.

하나도 닮지 않았다. 김정현의 딸이지만 김정현의 얼굴과 닮은 구석이라고는 단 한 군데도 찾아볼 수 없었다. 물론 그럴 수도 있다. 얼굴은 닮지 않았더라도 교과서에 나오는 소설처럼 하다못해 발가락이라도 닮았을 수 있으니까.

"아빠가 아니네."

그 말만을 던지고 다시 홍윤아의 품속 깊숙이 파고드는 민지라는 아이의 말은 처음 홍윤아의 집에 들어갔을 때 했던 말과 같았다. 그리고 그때는 아무렇지 않게 넘겼던 것이 갑자기 떠올랐다.

내가 찾아갔을 당시 김정현은 삼 개월이 넘게 실종된 상태였다. 즉 김정현이 실종된 이후 단 한 번도 만난 적이 없는 것이었다. 하지만 민지라는 아이가 내게 던진 그 말은 거의 매일 아빠를 만난 아이만이 던질 수 있는 말이었다.

왜 지금까지 그것을 놓쳤을까 하는 생각이 들자 뒤통수를 둔기로 얻어맞은 느낌이었다. 다시 한 번 김정현의 영정 사진을 바라보았다. 여전히 굳어 있는 얼굴, 검은색 리본으로 장식된 영정 사진 속의 김정현은 왠지 나를 비웃고 있는 것 같았다. 멍청하게도 그걸 이제야 깨달았냐고.

    행운흥신소 사건일지

*

김정현은 절대 아니었다. 죽은 사람이 돌아와서 민지의 아빠 노릇을 할 수는 없으니까. 그렇다면 다른 누군가가 있었다. 내가 알지 못했던.

오랫동안 장식품 신세에서 벗어난 나의 고물 자동차는 장소를 옮겨 다시 본연의 임무로 돌아갔다. 김정현의 집, 아니 이제 김정현이 죽었으니 홍윤아의 집 앞에 자동차를 세워두고 잠복한 지 꼬박 사흘이 흘렀다. 날씨가 추워서인지 유난히도 딱딱하게 느껴지는 빵조각을 씹다 보니 다시 예전 형사 시절로 돌아간 듯한 착각이 들었다.

여전히 확신은 없었다. 남편의 이야기를 꺼내며 쉬지 않고 눈물을 흘리던 모습,《사랑은 두 번 울지 않는다》라는 책을 가슴에 꼭 껴안고 소리 없이 오열하던 모습, 남편의 시체를 발견했다는 내 짤막한 말을 듣고서 수화기 너머로 서러운 오열을 토해내던 모습. 그리고 파리하기 그지없는 안색으로 장례식장을 지키고 있던 모습까지.

그녀는 진심으로 슬퍼했다. 도저히 가식이라고는 생각할 수 없을 정도로. 어쩌면 나는 쓸데없는 짓을 하고 있는 것인지도 몰랐다. 이미 경찰조차도 그놈, ‘선각자’라는 아이디를 사용하던 최정우를 범인으로 확신하고 수사를 거의 종결시킨 상황이었다.

딱딱한 빵을 씹으며 다시 한 번 생각을 정리해 보았다.

홍윤아가 남편인 김정현이 죽음으로써 얻을 수 있는 것은 세 개의 보험사에서 나올 7억 원의 보험금이었다. 결코 작은 돈이 아니었다. 살인 동기가 되기에 충분했다. 하지만 문제는 있었다.

김정현의 사체는 최정우의 집에서 발견되었다. 차를 타고 움직인다 해도 한 시간은 족히 걸리는 곳까지 시체를 싣고 가서 최정우 몰래 땅을 파고 김정현을 묻는 것을 여자 혼자서 모두 해낼 가능성은 없다고 봐야 했다. 만약 홍윤아가 김정현을 죽이는 데 관여했다면 공범이 있다고 보는 것이 맞았다.

그렇다면 이제 그 공범이 누군가가 문제였다. 목이 메어 우유를 한 모금 마시고 나자 갑자기 소변이 마려웠다. 볼일을 해결하기 위해 자동차 문을 열고 내리려는 찰나, 조용한 골목길로 자동차 한 대가 들어왔다.

주의를 끌고 싶지 않은 듯 헤드라이트까지 끄고 미끄러지듯 주차한 차의 문이 열리고 검정색 외투를 입은 사내가 모습을 드러냈다. 몸을 숙인 채 사내의 움직임을 주시했다. 슬쩍 고개를 돌려 주변을 확인한 사내가 벨을 누르지도 않고 열쇠로 문을 열고서 홍윤아의 집으로 들어가는 것이 보였다.

가로등이라도 있으면 좋았을 텐데. 주변이 너무 어두워 얼굴을 확인하기는 불가능했다. 차에서 내려 홍윤아의 집 앞으로 다가갔다. 혹시 지금 들어간 사내와 홍윤아의 대화 소리를 들을 수 있을까 하는 기대에 한참이나 귀를 기울였지만 허사였다. 사내가 들어간 후 십 분도 지나지 않아 집 안의 불이 꺼졌다.

불이 꺼진 후 시간을 확인했다. 밤 11시 32분. 도둑은 아니었다. 도둑이라기에는 너무 조심성이 없었다. 당당하게 대문을 열고 들어갔으니까. 그리고 진짜 도둑이라면 적어도 홍윤아의 비명 소리라도 들렸을 터인데 아무런 반응이 없었다. 그렇다면 역시 남자였다. 더욱이 이 시간에 스스럼없이 드나들 수 있다는 것은 홍윤아와 무척 깊은 관계라는 것을 의미했다.

혹시나 했던 것이 사실로 드러났다. 하지만 아직 속단은 일렀다. 서른이라는 젊은 나이에 과부가 된 홍윤아가 새로운 애인을 만들었다고 해서 탓할 일도 아니었다.

아직 확실한 것은 아무것도 없었다. 우선은 저 남자의 정체부터 확인해야 했다. 저 놈이 언제 나올지 모르니 오늘 밤도 꼬박 세워야 했다.

언제 나타날지 모르는 용의자를 차 안에서 하염없이 기다려야 하는 잠복은 힘들다. 그것도 날씨가 추운 겨울밤의 잠복은 더욱 그렇다. 언제 모습을 드러낼지 정확하게 알 수 없으니 시동도 켜지 못하고, 당연히 히터도 틀 수 없다.

오전 6시 20분. 말 그대로 동태가 되기 일보 직전에 홍윤아의 집 대문이 열리며 어제와 같은 검은색 외투를 입은 사내가 나왔다. 어두컴컴한 새벽 공기를 헤치고 걸어나온 놈이 잠시 걸어가다 주차해 놓았던 차에 올라탔다.

헤드라이트 불빛이 켜지며 미끄러지듯 골목길을 빠져나가는 검정색 중형 세단의 뒤를 쫓기 시작했다. 아직 출근 시간 전이라 그런지 도로는 비교적 한산한 편이었다. 쏜살같이 달려나가는 중형 세단을 놓치지 않기 위해 죽을힘을 다해 엑셀을 밟았다. 몇 번씩이나 놓칠 뻔했지만 시간이 흐르면서 도로의 차량이 늘어난 덕분에 간신히 놓치지 않을 수 있었다.

지하 주차장으로 들어간 후 놈이 내리는 것을 확인하고 약간의 시간 차를 두고 차에서 내려 따라갔다. 하지만 어느새 놈의 모습은 자취를 감춘 뒤였다. 서둘러 엘리베이터를 확인하자 놈이 탄 것으로 보이는 엘리베이터가 육 층에서 멈추었다.

'육 층이라.'

엘리베이터가 내려오기를 기다리는 동안 건물 안내판을 통해 육 층에 있는 사무실들을 확인했다.

"동틀녘, 가만 동틀녘은 들어본 기억이 있는데. 어디서 들어봤더라…."

가물가물한 기억을 필사적으로 더듬어 간신히 떠올렸다. 추리소설 작가인 윤철민이 말했었다. 김정현이 차기작을 계약한 출판사가 동틀녘 출판사라고.

검은 외투를 입은 놈이 올라갔던 6층으로 올라가려던 생각을 바꾸었다. 느닷없이 동틀녘이란 출판사가 여기서 튀어 나온 이유를 파악하는 것이 먼저였다. 그리고 무작정 올라간다고 해서 마땅한 방법이 있는 것도 아니었다.

잠시 망설이다 일단 건물 밖으로 나왔다. 추운 차 안에서 밤새도록 쭈그리고 있었더니 굳어진 근육들이 비명을 지르고 있었다. 따끈한 커피 한 잔의 유혹이 밀려왔다. 다행히 주변에 사무실이 많아서인지 가까운 곳에 커피 전문점이 있었다. 뜨거운 원두커피를 한 잔 주문해 두고, 밖이 훤히 내려다보이는 창가 쪽에 자리를 잡고 걸터앉았다.

추운 데서 밤을 꼬박 새서일까? 머리가 제대로 돌아가지 않아 바쁘게 돌아다니고 있는 사람들을 멍하니 바라보던 나는 잠시 후 눈을 크게 떴다. 이곳에 나타날 것이라고는 꿈에도 생각지 못했던 남자가 보였다. 윤철민? 주문했던 원두커피가 나왔지만 한 모금도 마시지 못한 채 밖으로 나왔다. 황당하게 바라보는 점원의 시선이 느껴졌지만 신경 쓸 겨를도 없었다. 예상치 못하게 이곳에 모습을 드러낸 윤철민을 놓치지 않기 위해 나는 조용히 뒤를 따라 걸어갔다.

대한민국에서 다섯 손가락 안에 든다는 메이저 출판사인 만큼 동틀녘 출판사는 규모가 엄청났다. 열 명밖에 되지 않는 직원들이 옹기종기 모여서 일하고 있던 문학나라 출판사와는 분명히 달랐다. 그리고 내 예상은 틀리지 않았다. 윤철민의 목적지는 동틀녘 출판사였다.

원두커피 대신 아쉬운 대로 자판기 커피를 뽑아 들고서 윤철민이 나오기를 기다렸다. 될 수 있으면 사람들의 시선에 띄지 않도록 구석에 서서 자판기 커피를 두 잔째 마실 때, 마침내 윤철민이 출판사 밖으로 나왔다. 그리고 그는 혼자가 아니었다. 회색 정장을 입고 있는 남자와 함께였다.

'그놈이다!'

단숨에 눈치챘다. 흥신소 사장은 눈썰미가 뛰어나야만 할 수 있
는 직업이다. 옷이 바뀌었다고 해서 키와 체형까지 변하는 것은 아
니다. 무슨 일인지 몰라도 잘 부탁한다면서 그놈에게 연신 고개를
숙이고 있는 윤철민을 향해 천천히 다가갔다.

"오랜만입니다."

내 기척을 느끼고 고개를 돌린 윤철민의 얼굴에 마치 못 볼 것을
본 사람마냥 당황한 빛이 떠올랐다.

새삼스럽게 놀라기는. 하긴 놀랄 만도 했다. 이 시간에 여기서 윤
철민을 다시 만나게 될 것이라고는 나도 꿈에서조차 생각지 못했
으니까.

"여기는 어쩐 일로?"

"그건 오히려 제가 묻고 싶은 말인데요."

"저는 볼일이 좀 있어서."

불장난을 하다 선생님에게 들킨 초등학생처럼 더듬거리며 대답
하고 있는 윤철민을 바라보다 슬쩍 그놈에게로 시선을 돌렸다. 안
경 너머로 날카로운 눈빛이 탐색하듯 나를 훑고 있었다.

처음 보는 놈이다. 분명히 오늘 처음 만나는 놈인데 왠지 낯이 익
다는 느낌이 들었다. 어디서 봤는가를 곰곰이 생각해 보았지만 결
국 기억이 나지 않았다.

하지만 그놈에게서 은은하게 풍기는 향수 냄새는 분명히 기억났

　　　행운흥신소 사건일지

다. 홍윤아가 쓰던 향수와 같은 냄새였다. 꽤나 즐거운 밤이었겠지. 누구는 좁은 차 안에 갇힌 채 뜬눈으로 밤을 지샜는데.

"저도 볼일이 있어서 찾아왔습니다. 그런데 이분은 누구십니까?"

"이분은⋯."

"제가 직접 소개하죠. 구민석이라고 합니다."

놈이 내미는 명함을 받아 슬쩍 바라보았다.

도서출판 동틀녘. 기획 1팀 팀장 구민석.

기껏해야 서른 정도밖에 안 되어 보이는 놈이 이 정도로 큰 규모 출판사의 팀장이라니. 뭐, 그래도 직함에서는 나도 밀리지 않는다. 나는 사장이니까.

내 명함을 줘서 기를 확 꺾어버릴까 고민하는 사이, 윤철민이 끼어들었다.

"이분은 강형사님이십니다."

그 말을 듣자마자 구민석의 표정이 굳어졌다.

"형사분께서 여기는 어쩐 일로?"

"아, 오늘은 형사로 온 것이 아닙니다. 사실 저도 머지않아 책을 하나 써볼까 생각하고 있어서 이 근처에 온 김에 구경이나 왔습니다. 워낙 유명한 출판사니까요."

"글을 쓰신다? 형사 시절의 경험담을 바탕으로 쓰실 생각인가 보죠?"

"아니요."

"그럼?"

"소재는 불륜입니다."

왜일까? 불륜이란 말을 듣자 구민석이 또 한 번 움찔하는 기색이었다.

"강형사님께서 글을 쓰신다니 꿈에도 몰랐습니다. 마침 잘 되었네요. 구팀장님의 영향력이 무척 강합니다. 잘 보이시면 출판하실 수도 있습니다."

"그래요? 글이 재미있어야 출판하는 것 아닙니까?"

"그야 그렇지만….."

윤철민이 한 방 얻어맞고는 꼬리를 내렸다.

"생각보다 실망이군요. 메이저 출판사라고 해서 꽤나 기대하고 있었는데. 기회가 되면 다시 봅시다."

슬쩍 속을 긁자 구민석의 얼굴이 일그러졌다. 아무래도 동틀녘 출판사에서 내 책을 내는 것은 힘들 것 같다. 하지만 큰 상관은 없다. 문학나라에서 출판하면 되니까. 영세 출판사라서 홍보가 조금 문제이기는 하지만 내 책은 분명 재미있을 것이니 입소문을 탈 것이다. 그리고 어차피 먼 훗날의 일이다. 지금 내게 급한 것은 김정현의 사망 사건을 완전히 파헤치는 것이다. 아, 뜨거운 원두커피도 무척 급하다.

*

난 슈퍼맨이 아니다. 아무래도 출근하는 것은 무리라는 생각에 집으로 돌아와 잠을 청했다. 눈을 뜨니 오후 네 시가 넘어 있었다. 대충 씻고 옷을 갈아입은 후, 사무실로 향했다.

벌써 사무실에 들르지 않은 지 나흘째였다. 문학나라 출판사로 찾아가 김종학을 만날 생각이었지만, 오늘마저 사무실에 얼굴을 들이밀지 않았다가는 얼음공주가 가만있을 것 같지 않았다.

"잘 지냈어?"

사무실에 들어서며 반갑게 인사를 건넸지만 얼음공주의 시선은 차가웠다.

"몸이 좀 안 좋아서…."

머리를 긁적이며 변명을 꺼냈지만 얼음공주의 차가운 시선에서 걱정하는 빛은 전혀 보이지 않았다. 씨도 안 먹히는 변명을 늘어놓지 말라는 표정을 지은 채 내 앞으로 다가온 얼음공주가 두 장의 메모지를 내려놓았다.

"의뢰!"

"의뢰?"

"불륜 조사 두 건."

듣던 중 반가운 소식이다. 역시 노력은 배신하지 않는다. 법정에서 판사의 얼굴을 붉게 달아오르게 만들 정도로 적나라한 증거 사진을 찍어 온 내 소문이 드디어 퍼지기 시작하는 모양이다.

"이러다가 진짜 국세청에서 나오겠는데. 미리 대비하려면 회계사도 한 명 고용하고 덤으로 변호사도 하나 고용할까?"

"헛소리하네."

신이 나서 중얼거리다 입을 다물었다. 역시 얼음공주는 사람의 의욕을 한 방에 꺾어놓는 특별한 재주가 있다.

"미안!"

뭐, 그래도 오버한 것은 사실이기에 정중하게 사과했다. 그리고 사무실을 나서기 전에 갑자기 떠오른 질문을 던졌다.

"김정현 그 사람 새 책 나오면 살 거야?"

"생각해 보고."

"왜? 좋아했었잖아?"

"사고 싶지만 월급이 안 들어와서."

카운터 펀치를 얻어맞자 더 할 말이 없었다. 조용히 사무실을 벗어났다.

내가 출판사로 찾아갔을 때, 마침 김종학은 꽤나 심각한 얼굴로 누군가와 언성을 높이며 통화하고 있었다.

"그래서 결국은 계약을 파기해야겠다 이 말이지? 알았어. 나도 더 이상은 잡지 않지. 어쨌든 인간적으로 서운하구만."

쾅 소리가 날 정도로 신경질적으로 수화기를 내려놓고, 담배에 불을 붙이던 김종학이 그제서야 나를 확인하고는 자리에서 일어났다.

"아이고, 연락도 없이 언제 오셨습니까?"

"방금 왔습니다. 그런데 누구와 통화를 하시는데 그렇게 화를 내십니까?"

　　　　　　　　　　행운흥신소 사건일지

“아, 작가분입니다. 강형사님도 아시겠네요. 윤철민 작가였습니다.”

“네, 알죠. 그런데 무슨 일로.”

“원고를 받고 표지 작업까지 들어간 상황인데 갑자기 계약을 파기하자고 하니 제가 흥분하지 않을 수 있겠습니까?”

윤철민의 얘기를 하니 다시 화가 치솟는 듯 김종학의 언성이 높아졌다. 담배를 뻑뻑 피워대고 있는 김종학에게 기회다 싶어 넌지시 질문을 던졌다.

“왜 파기하자는 겁니까?”

“그야 말을 안 하니 알 수가 없죠. 아마 다른 출판사에서 계약하자고 연락이 온 게 아닐까 싶습니다.”

“윤철민 작가의 글이 시장에서 반응이 좋은가 보군요?”

“그건 절대로 아닙니다. 윤철민 작가는 주로 추리소설을 씁니다. 고정팬이 많은 분야가 아니지요. 게다가 그 친구의 글이 조금 어려운 편이라서 얼마 안 되는 고정팬들 사이에서도 외면받는 편입니다. 솔직히 말씀드리면 그 친구의 소설을 내서 출판사에 들어오는 수입은 거의 없습니다. 첫 번째 소설이었던 《백석동 살인사건》 같은 경우는 출판사에서 손해를 봤습니다. 그래도 그 친구의 가능성을 믿고 지금까지 같이 해 왔는데 이렇게 나오니 어떻게 섭섭하지 않겠습니까?”

뭔가 이상한 생각이 들었다. 김종학의 말대로라면 윤철민의 글은 잘 팔리는 편이 아니었다. 그런데 왜 동틀녘처럼 커다란 출판사가 굳이 윤철민과 계약을 하려 할까.

구민석에게 잘 부탁한다며 연신 고개를 숙이고 있던 윤철민의 모습이 떠오르자 더욱 이상하다는 느낌이 들었다. 그리고 문득 구민석이 건네주었던 명함에 생각이 미쳤다.

"동틀녘 출판사를 아십니까?"

"그야 당연히 알죠."

"제가 잘 몰라서 그런데 동틀녘 출판사에서 기획 1팀의 팀장이면 영향력이 어느 정도입니까?"

"동틀녘 출판사에서 기획 1팀은 소설 파트를 담당하고 있는 것으로 알고 있습니다. 팀장이라면 엄청난 권한이 있지요."

"원고 컨택도 팀장의 재량으로 가능합니까?"

"그야 물론이지요. 제 기억으로 지금 동틀녘 출판사의 기획 1팀 팀장을 맡고 있는 사람은 구민석이라는 젊은 친구일텐데."

역시 그렇구나 하며 고개를 끄덕이고 있던 나는 김종학의 입에서 구민석의 이름이 흘러나오는 것을 듣고 놀랐다.

"어떻게 아십니까?"

"이 바닥이 그렇게 넓지가 않습니다. 소문 정도야 늘 듣고 있지요."

"그렇군요."

"그리고 구민석이란 그 친구도 처음에는 작가였습니다. 여러 군데 투고를 했었고, 저희 출판사에서도 그 친구가 쓴 글을 검토한 적이 있습니다."

구민석이 작가였다니. 이건 전혀 알지 못했던 사실이다.

"그런데 왜 책으로 내지 않았나요?"

"소재를 발굴하고 기획하는 능력 하나만큼은 기가 막혔습니다. 하지만 그 친구에게는 그것을 글로 풀어낼 능력이 모자랐습니다. 그 때문에 작가로 성공하지 못하고 한참이나 힘들어하더니 어느 날 기획자로 변신해 있더군요. 어쩌면 제대로 된 길을 찾은 건지도 모릅니다. 아직 나이가 젊은데도 작품을 보는 눈이 탁월하다고 소문이 자자했으니까."

"자자했었다면?"

"그동안 승승장구했었는데 요근래 그 친구가 기획해서 출판한 몇 작품이 실패했습니다. 그로 인해 회사 내에서 탄탄하던 입지가 조금 위축되었지요. 딱 한 작품만 크게 성공하면 총괄팀장으로 승진할 거라는 소문도 돌았었는데."

흥미로운 이야기였다. 그리고 김종학의 이야기를 듣는 순간 김정현이 차기작을 동틀녘과 계약했다는 것이 기억났다.

"만약 김정현 씨의 차기작 정도면 어떨까요?"

"글쎄요. 전작을 통해서 인지도도 어느 정도 확보했고, 대대적으로 홍보만 해 준다면 일정 수준 이상의 판매량은 보장되겠지요. 하지만 김정현 작가는 그때 실종되었다고 하지 않았습니까?"

김종학은 아직 모르지만 김정현은 더 이상 실종 상황이 아니라 죽었다.

"김정현 씨는 며칠 전 사체로 발견되었습니다."

"김정현 작가가 죽었다고요?"

"네."

충격이 큰 듯 탄식을 내뱉던 김종학이 다시 담배를 꺼내 물었다. 그리고 잠시 침묵하고 있던 김종학은 담배 연기를 길게 내뿜으며 아쉬운 표정을 지었다.

"잡았어야 했는데…."

"무슨 말씀입니까?"

"김정현 작가 말입니다. 좀 더 나은 조건을 제시해서라도 어떻게든 잡았어야 했었는데. 요즘 들어서 그 정도로 주목받은 작가도 없는 데다 그 친구의 유작이라는 프리미엄까지 붙는다면 엄청난 대박이었을 텐데."

처음에는 내 귀를 의심했다. 하지만 아무래도 아쉬운 듯 입맛을 다시는 김종학을 보면서 내가 잘못 들은 것이 아니라는 것을 깨달았다.

"어느 출판사인지 모르지만 월척을 낚았군요."

순간 소름이 끼쳤다.

한 사람이 죽었다. 그렇지만 그 죽음을 안타까워하는 대신 김종학은 장사를 생각하고 있었다. 유작이라는 이름을 붙여 조금이라도 책을 더 팔아먹으려는. 이래서 사람은 무섭다. 김종학이 내뿜는 담배 연기의 매캐한 냄새가 갑자기 싫어졌다. 그래서 한마디 쏘아붙이려다 흠칫 하고 멈추었다.

김정현의 원고는 누가 가지고 있을까? 유작이라는 이름으로 세

행운흥신소 사건일지

상에 나올 김정현의 두 번째 작품은 대체 어디에 있을까?

"마지막으로 하나만 더 묻겠습니다. 김정현 씨는 원고를 메일로 보냈습니까?"

"네, 요즘 작가들은 거의 대부분 컴퓨터로 작업을 합니다. 그건 김정현 씨도 마찬가지였고요."

"알겠습니다."

허탈한 표정을 지은 김종학이 뿜어내고 있는 담배 연기 때문에 눈이 따끔거릴 지경이었다. 그리고 더 이상 김종학의 얼굴을 마주하고 싶지 않았다.

*

잠시 망설였다. 밤 9시는 분명히 남의 집을 방문하기에 늦은 시간이었다. 더구나 이제는 다시 찾아올 일이 없을 것이라 생각했기에 더 망설였는지도 몰랐다. 하지만 결국 나는 벨을 눌렀다.

"이 시간에 어쩐 일로?"

나를 맞이하는 홍윤아의 얼굴에도 당황스런 빛이 떠올라 있었다. 아마 홍윤아도 나를 다시 만날 일은 없을 거라 생각했을 것이다. 대답 대신 거실을 훑어보았다. 조금 전까지 민지라는 아이와 놀고 있었던 듯 거실은 몇 권의 동화책과 장난감들로 꽤나 어지럽혀져 있었다.

"하나 여쭙고 싶은 것이 있어서요."

"일단 앉으세요."

다행히 문전박대는 하지 않았다. 커피를 준비하기 위해 홍윤아가
부엌으로 들어간 틈을 타서 거실을 다시 한 번 훑어보았다. 내가 처
음 이 집을 찾아왔을 때와 달리 벽에 걸려 있던 커다란 결혼사진이
사라져 있었다. 그 사진이 없어서인지 왠지 휑하게 느껴지는 거실
에서 잠시 기다리자 홍윤아가 다시 돌아왔다.

"드세요."

"고맙습니다."

"근데 궁금하신 것이 무엇인가요?"

"남편분의 서재에 있는 컴퓨터를 잠시만 확인해도 되겠습니
까?"

내 말이 끝나자 홍윤아가 내키지 않는다는 듯이 가볍게 얼굴을
찡그렸다. 그리고 잠시 후 그녀가 입을 열었다.

"날 의심하시는군요."

"왜 그렇게 생각하십니까?"

"생명보험 때문이죠. 경찰에 실종 신고를 했을 때도 저를 의심한
다는 느낌을 받았었거든요. 솔직히 말씀드리면 저는 죽은 남편이
생명보험에 들었다는 사실조차 몰랐습니다. 경찰에게서 듣고서야
알았지요."

귀를 기울이며 가만히 홍윤아의 눈을 응시했다. 그녀의 눈빛은
조금도 흔들림이 없었다. 거짓말을 한다고 의심하기에는 너무 당
당했다.

"정황이 그럴 뿐이지 홍윤아 씨를 의심하는 것은 아닙니다. 어차피 김정현 씨 사건의 범인은 잡혔으니까요."

"그래요. 이제 모두 끝난 일이지요."

"다만 한 가지 확인하고 싶은 것이 있어서입니다."

"이미 사건은 끝났고 의뢰에 대한 비용도 모두 지불했으니 더 이상 찾아오실 이유가 없지 않나요? 사실 그다지 내키지가 않네요. 남편의 흔적이 고스란히 묻어 있는 서재에 다른 사람을 들이는 것이."

홍윤아의 표정은 절로 동정심이 일 정도로 처연했지만, 이번에는 내가 넘어가지 않았다. 김정현이 없는 사이, 구민석을 고작 서재가 아니라 침실로까지 데리고 들어갔던 사실을 이미 알고 있었으니까.

"잠깐이면 됩니다. 부탁드립니다."

"알겠습니다. 하지만 이번에 마지막입니다. 그리고 시간이 늦었으니 십 분 안에 나와주세요."

여전히 내키지 않는 표정으로 홍윤아가 승낙하자 나는 서둘러 김정현이 사용하던 서재로 들어가 컴퓨터를 켰다. 시간은 고작 십 분 남짓밖에 없었다. 그 짧은 시간에 김정현이 사용하던 컴퓨터를 샅샅이 뒤지기에는 역부족이었다. 그리고 김정현이 마음 먹고 원고를 숨겨 두었다면 어차피 컴맹에 가까운 내 실력으로 찾아낼 가능성도 없었다.

홍윤아의 집으로 들어오기 전, 얼음공주에게 전화를 걸었었다.

사무실 컴퓨터를 인질로 잡고 있는 만큼 나보다는 컴퓨터에 대해 잘 알고 있는 얼음공주는 귀찮은 기색이 역력한 목소리로 내게 설명해 주었다.

"한글 파일을 열고 파일로 들어가면 가장 최근에 사용했던 문서 파일들을 볼 수 있다고 그랬지."

얼음공주의 설명대로 실행하니 몇 개의 한글 파일들이 보였다.

- 사랑은 두 번 울지 않는다 0923
- 사랑은 두 번 울지 않는다 0925
- 사랑은 두 번 울지 않는다 0929

작업을 마치고 저장할 때 날짜별로 저장해 두었는지《사랑은 두 번 울지 않는다》의 원고밖에 보이지 않았다. 내가 찾고 있는 새로운 원고는 보이지 않았지만 어느 정도 예상하고 있었다.

"컴퓨터가 싫어지지 않았을까?"

전화를 끊기 전 얼음공주는 그렇게 말했었다. 그리고 그것은 충분히 일리가 있는 말이었다. 어떤 음식을 먹고 식중독에 걸려 지독히 앓고 나면 그 음식은 꼴도 보기 싫은 것처럼.

더 이상 컴퓨터에 매달리지 않고 서류 가방을 열었다. 근처 문방구에서 산 1,500매짜리 원고지를 꺼낸 나는 책장의 세 번째 칸을 바라보았다. 다른 칸과는 달리 빈틈이 남아 있는 곳에 꺼내 든 1,500매 원고지 한 권을 밀어넣자 원래 그 자리가 자기 자리였다는 듯 거의 완벽하게 들어맞았다.

"역시."

내 예상이 빗나가지 않았다는 것을 확인하고 고개를 끄덕였다. 하지만 아직 확신할 수는 없었다. 김정현의 원고가 있었다는 것을 확인하는 절차가 필요했다.

원고지를 꺼내 다시 가방에 넣고서 김정현의 서재에서 나오자 홍윤아는 불안한 기색으로 누군가와 전화를 하다가 나를 보고서 급히 전화를 끊었다.

"늦은 시간에 실례가 많았습니다. 그런데 민지가 안 보이네요. 마지막일지도 모르니 인사라도 하고 싶었는데."

"지금 자고 있어요."

역시 부모란 존재는 자식 앞에 약했다. 민지의 이야기를 꺼내자 딱딱하게 굳어져 있던 홍윤아의 표정이 살짝 풀렸다.

"근데 민지는 홍윤아 씨를 많이 닮았더군요."

"네, 그런 이야기를 많이 들었어요."

"김정현 씨가 서운해하지 않았나요?"

"아니요. 죽은 남편은 늘 얘기했어요. 보이는 게 다가 아니라고."

"보이는 게 다가 아니다? 그게 무슨 뜻이죠?"

"남들 눈에는 쉽게 보이지 않지만 죽은 남편은 민지와 발가락이 닮았다고 좋아했었거든요."

홍윤아가 쓸쓸하게 웃으며 대답했다.

"발가락이 닮았다? 꼭 소설에서 본 대사 같네요. 이만 가보겠습니다.”

“이제 다시는 만나지 않았으면 좋겠네요.”

평소와는 달리 차갑기 그지없는 홍윤아의 목소리를 듣고 잠시 움
찔했지만 나는 금세 웃음을 머금었다.

“윤아 씨가 끓여주는 원두커피 맛을 잊기가 힘들 것 같네요.”

“그건….”

“그래서 아마 다시 만나게 될 것 같습니다.”

홍윤아의 얼굴이 굳어졌지만 나는 그녀를 보지 않았다. 그녀의
어깨 너머에 있는 달력을 바라보았다. 달력에는 15일에 매직펜으
로 붉은 동그라미가 쳐져 있었다. 결혼기념일이라는 자그마한 메
모와 함께.

*

집으로 돌아오니 어느덧 시간은 11시에 가까웠다. 간단히 씻은
뒤 편의점에서 사 온 샌드위치로 늦은 저녁을 해결한 나는 책상 앞
에 자리를 잡고 앉았다.

가방에서 원고지를 꺼내고 펜을 든 후 잠시 고민했다. 막상 마음
을 먹고 앉았지만 시작이 쉽지 않았다. 한참이나 망설인 끝에 제목
을 적었다.

《상큼한 불륜》. 내가 겪은 경험담 중에는 엽기적인 불륜도 있고,
지저분한 불륜도 있었지만 처녀작으로는 상큼한 불륜을 그리기로
결정했다. 왠지 제목부터 근사한 느낌이 든다. 《사랑은 두 번 울지

않는다》처럼 진부한 느낌은 없으니까.

시작하는 것이 어렵지 한 번 시작하자 내 손에 들린 펜은 멈추지 않았다. 기억을 더듬어 가며 글을 적다 보니 어느새 원고지 이백 매를 훌쩍 넘기고 있었다.

역시 나는 재능이 있었다. 고작 다섯 시간 만에 원고를 이백 매가 넘게 적어 내려가는 것을 보니. 아쉬운 대로 이 정도면 충분할 것 같다는 생각이 들었다.

꿈을 꾸었다. 꿈속에서 내 처녀작인 《상큼한 불륜》은 독자들에게 폭발적인 반응을 얻으며 '올해의 불륜소설상'까지 수상했다. 그리고 더 이상 홍신소 사장은 내 주업이 아니게 되었다. 두 번째 작품인 《엽기적인 불륜》의 원고 작업을 마치고 책이 나오기 전 기자회견까지 열렸다. 번쩍이는 카메라의 플래시 세례와 기자들의 질문공세 속에서 우쭐거리고 있을 때, 내 앞으로 얼음공주가 다가왔다.

"꿈 깨!"

젠장, 좋다 말았다. 잠에서 깨어 보니 어느새 오전 열 시가 넘었다. 주섬주섬 원고를 챙겨 가방 속에 넣고 집을 나서는데 반장님에게서 전화가 걸려왔다.

반장님은 최정우가 나와 이야기를 하고 싶어한다고 했다. 그놈이 대체 무슨 일로 나를 만나고자 했을까, 생각해 보았지만 마땅히 떠오르는 것은 없었다. 하지만 마다할 이유도 없었기에 찾아갔다.

최정우는 몰라볼 정도로 수척해져 있었다. 피부도 까칠한 것이

제대로 잠도 자지 못한 기색이었다.

"무슨 일이지?"

수갑을 찬 채 고개를 푹 숙이고 있는 최정우에게 질문을 던지자 그가 입을 열었다.

"알잖아요."

"뭘?"

"아저씨는 내가 죽이지 않았다는 것을 알고 있잖아요."

"내 손을 떠난 일이다. 난 형사가 아니거든. 그런 말은 법정에 가서 판사에게 하는 것이 맞을 것 같은데."

며칠 전까지 키보드를 두드리고 있던 유난히 긴 손가락이 가늘게 떨리고 있었다. 그리고 잠시 망설이던 최정우가 속삭이듯 자그마한 목소리로 말했다.

"믿지 않아요."

"누가?"

"내가 하는 말은 아무도 믿지 않아요. 못 들은 척할 뿐이에요. 내가 한 일은 돈을 받고 카페를 하나 만든 것뿐인데."

"웃기지 마. 너는 그때 네 입으로 직접 말했어. 그냥 심심해서 만든 것이라고."

"그때 한 말은 거짓말이었어. 나는 그저 게임을 하고 싶었어. 적어도 게임을 할 때는 내 비참한 처지를 잊을 수 있었거든. 그런데 배가 고팠어. 돈이 떨어져서 아무것도 먹을 것이 없었어."

"일을 하면 되잖아."

행운흥신소 사건일지

"귀찮았어. 그리고 바깥에 나가는 것이 너무 무서웠어. 난 할 줄 아는 것이 아무것도 없거든. 게임 속에서는 뭐든지 할 수 있지만. 그때 어떤 여자가 찾아왔어. 그리고 돈을 준다고 했어."

"여자?"

"그래 여자!"

"어떤 여자였지?"

"몰라, 처음 보는 여자였어. 그런데 예뻤어. 인터넷에 카페를 만들라고 했어. 그리고 그 카페에 글을 몇 개 올리라고 그랬지. 그것만 하면 현금으로 백만 원을 준다고 그러기에 알았다고 했어. 카페 하나 만들고 글 몇 개 올리는 것은 일도 아니거든. 그것만 하면 현금 백만 원이 생기니까 거절할 이유가 없었지."

잠시 고민했다. 최정우가 지금 꺼내고 있는 이야기를 믿어야 하는가를. 지금 꺼낸 말을 입증할 수 있는 증거 같은 것은 하나도 없었다. 법정에서 흉악한 살인범인 최정우가 꺼낸 이 말을 순순히 믿어줄 마음 착한 판사나 검사는 존재하지 않았다. 하지만 최정우의 두 눈에는 절실함이 떠올라 있었다. 처음 만났던 그날처럼.

"그 여자 이름은 몰라?"

망설이다 질문을 던지자 회색빛으로 죽어 있던 최정우의 두 눈에 생기가 피어오르기 시작했다. 내가 믿어준다고 생각해서인지 거침없이 이야기를 꺼내기 시작했다.

"몰라. 말하지 않았으니까."

"생김새는?"

"키는 165cm 정도. 나이는 이십 대 중반처럼 보였어. 어깨까지 내려오는 긴 생머리를 했고. 그리고… 그리고 다리가 예뻤어."

최정우의 입에서 튀어나온 침이 내 얼굴에 닿았다. 하지만 더럽다는 생각도 하지 못한 채 최정우의 설명을 듣다가 나는 홍윤아의 얼굴을 떠올렸다.

"다른 건 뭐 기억나는 것 없어?"

"그게…."

"혹시 다른 말을 한 것은 없어? 사소한 것도 좋으니까 뭐든지 말해 봐."

이게 마지막 기회라고 생각해서인지 최정우는 필사적이었다. 수갑을 찬 두 손으로 덥수룩한 머리를 쥐어 뜯으면서 고민하던 최정우가 마침내 뭔가를 떠올린 듯 소리쳤다.

"마당!"

"마당?"

"마당이 마음에 든다고 했어. 우리 집 마당과 비슷해서 그 사람도 무척 좋아할 것 같다고."

최정우가 살던 집 앞의 마당과 홍윤아가 살던 집 앞의 마당이 순간 내 머릿속에서 겹쳐졌다.

최정우를 만나고 나서 머릿속이 더욱 복잡해졌다.

'역시 홍윤아일까?'

최정우를 찾아가서 카페를 만들어 달라고 했던 여자는 홍윤아일

가능성이 컸다. 하지만 여전히 풀리지 않는 수수께끼는 있었다. 모든 살인에는 동기가 존재한다. 그런데 홍윤아에게서는 마땅한 동기를 찾을 수가 없었다.

물론 7억이라는 거액의 생명보험금이 있었다. 하지만 생명보험의 존재를 몰랐다는 홍윤아의 말은 분명 거짓이 아니었다.

나는 구민석이 범인일 가능성이 크다고 판단했다. 구민석에게는 김정현을 죽일 만한 동기가 있었다. 자신이 고른 김정현의 작품을 유작으로 만들어 큰 성공을 거두기 위해서 김정현을 죽였을 가능성이 충분했으니까. 하지만 최정우의 이야기를 듣고 난 후 모든 것이 복잡하게 얽혀버렸다.

"부검 결과는 나왔습니까?"

"그래. 하지만 죽은 지 너무 오래됐고 부패까지 상당히 진행된 상황이라 자세한 사망 추정 시각까지는 알 수 없어."

"사인은요?"

"교살. 목이 졸려 죽었어."

외상이 없었던 것으로 보아 예상하고 있었다. 하지만 자세한 사망 추정 시각을 확인할 수 없으니 용의자들의 알리바이를 확인하는 작업조차도 어렵다. 다시 말해 수사 진행이 어려운 상황, 눈에 보이는 정황 증거가 많은 최정우에게는 더욱 불리한 상황이다.

"그나저나 최정우의 말을 믿어?"

"네."

"그럼 그 여자가 홍윤아라고 생각하나?"

"아마도요. 하지만 증명할 방법이 없습니다. 그리고 홍윤아에게는 김정현을 죽일 동기도 없습니다."

"동기가 없다? 생명보험은?"

"글쎄요. 생명보험은 동기가 아닌 것 같습니다. 홍윤아는 김정현을 진심으로 사랑했습니다. 눈을 보면 알 수 있지요. 아직도 애정이 남아 있을 정도입니다. 그런 그녀가 김정현을 죽일 이유가 없지요."

이건 확신이 있다. 지금까지 내가 보아 온 홍윤아의 모습은 김정현을 사랑하지 않고서는 보일 수 없는 모습이었다. 하지만 반장님의 생각은 다른 듯했다.

"사랑한다고 해서 살인을 저지르지 말란 법은 없지."

"네?"

"네가 말한 살인 동기 말이야. 없다고 단정할 수 있을까? 동기라는 것은 제삼자가 함부로 판단할 수 있는 것이 아니야."

너무 사랑해서 헤어진다는 말은 유행 지난 영화에서 몇 번 들은 기억이 있다. 하지만 너무 사랑해서 죽일 수도 있을까? 어쩌면 가능할지도 모른다. 죽음이란 결국 이별을 의미하니까.

"불쌍한 놈이야."

"김정현 말씀이십니까?"

"아니, 최정우. 원래 저렇지는 않았어. 고등학교 1학년 때까지는 공부도 곧잘 했더군. 그런데 최정우가 고등학교 2학년에 올라갈 무렵, 부모가 교통사고로 갑자기 죽었어. 일가친척도 없고, 세상에 혼자 남은 셈이었지. 먼 친척이 한 명 있었는데 도움이 되기는커녕 교통사고 보상금만 가로채버렸지. 어린 나이에 충격이 컸을 수밖에. 그때부터 사람들이 무서워져서 밖으로 나가는 것이 꺼려졌대. 그렇게 시간이 지나다 보니 혼자 집에서 틀어박혀버렸다고 하더군."

"……."

"그런데 이번 일로 평생을 감옥에서 지내겠군."

한숨을 내쉬듯 길게 담배 연기를 내뿜은 반장님이 나를 바라보는 것이 느껴졌다. 그리고 그 시선에 담긴 의미를 나는 눈치챘다.

"네가 최정우를 도와줘. 이번 사건이 이대로 끝나면 퇴직한 후에도 마음에 걸릴 것 같아."

"하지만…."

"최정우도 본능적으로 느낀 것 같아. 너를 만나고 싶다고 간청하는 것을 보니까 기댈 곳이 너뿐이라는 것을."

마음이 무거웠다. 그동안의 부단한 내 노력이 헛되지 않아 이제야 겨우 행운흥신소가 제자리를 찾아가고 있었다. 당장 모레까지 해결해야 할 의뢰도 두 건이나 있을 정도로. 그런데 외면할 수가 없다.

김정현이 자꾸만 나를 부른다는 느낌. 하지만 김정현은 이미 죽은 자였다. 그러니 외면할 수도 있었다. 그렇지만 최정우는 아니었다. 반장님 말씀처럼 절박한 상황에서 나를 마지막 희망이라 생각하고 간절히 내 도움을 바라고 있었다.

"끝까지 파헤쳐보죠."

"그래. 잘 생각했어."

"대신 부탁이 있습니다."

"필요한 것이 있다면 뭐든지 말해."

점잔을 떨며 사양할 여유가 없었다.

"실종되기 전에 김정현이나 김정현 가족들의 이름으로 개설된 통장이 있는지 확인해주세요."

"통장?"

"김정현이 받은 인세가 이천만 원인데 그 돈을 어디에 사용했는지가 궁금해서요."

나는 흥신소 사장에 불과하다. 은행에 가서 내 명함을 내민다고 하더라도 협조해 줄 가능성은 전혀 없다. 협조는커녕 소액 대출도 안 해 주고 문전박대할 것이 틀림없다. 하지만 반장님이라면 애기가 달라진다. 그 무렵 김정현이 개설한 통장이 있다면 충분히 찾아낼 수 있다.

"알았다."

"그리고….."

"또 있나?"

"이거요."

어깨에 메고 있던 사진 가방을 반장님에게 건넸다.

"이걸 왜 나한테 주는 거야?"

"모레까지입니다."

"모레까지라니?"

“간단합니다. 사진 몇 장만 찍으시면 됩니다.”

얼결에 사진기가 든 가방을 건네받고 불안한 표정을 짓고 있는 반장님에게 두 장의 메모지도 함께 건넸다.

“신상정보는 거기 적혀 있습니다. 아까도 말씀드렸지만 모텔에 찾아가서 사진 몇 장만 찍으시면 됩니다. 대신 사진을 찍으실 때는 꼭 플래시를 터트리셔야 하고 얼굴이 나와야 합니다. 법정에 제출할 증거자료로 부끄럽지 않도록.”

“하지만….”

“잘 부탁드립니다. 정 뭐 하시면 밑에 애들 시키던가요.”

어이없다는 표정을 짓고 있는 반장님에게 가볍게 손을 흔들어주고 헤어졌다. 그나마 마음이 조금 홀가분해졌다. 한결 가벼워진 발걸음으로 구민석을 만나기 위해서 동틀녘 출판사를 찾아갔다.

*

전에도 느꼈지만 동틀녘 출판사는 국내에서 다섯 손가락 안에 꼽히는 출판사인지라 규모가 꽤 컸다. 얼핏 보아도 수십 명이 넘는 직원들이 정신없이 바쁘게 움직이고 있었다. 왠만한 사람은 절로 주눅이 들 정도였지만 나는 잘 알고 있다. 이럴수록 더욱 당당하게 행동해야 한다는 것을.

안내 데스크에 앉아 있는 상냥해 보이는 여직원에게로 거침없이 다가갔다.

"누구를 찾아오셨습니까?"

"기획 1팀 구민석 팀장님을 만나러 왔습니다."

"실례지만 무슨 용무로 찾아오셨습니까?"

"작가입니다. 원고 문제로 상의할 일이 있다고 만나자고 해서 찾아왔습니다."

"네, 기획 1팀은 저쪽입니다. 방문해 주셔서 감사합니다."

안내 데스크 여직원이 가르쳐준 곳으로 찾아갔지만 구민석의 모습은 보이지 않았다. 모니터를 바라보면서 바쁘게 뭔가를 작업하고 있는 여직원의 곁으로 다가갔다.

"구민석 팀장님은 어디 가셨습니까?"

"아, 좀 전까지 계셨는데. 화장실에 가신 것 같네요. 그런데 무슨 일로 찾아오셨어요?"

"구민석 팀장님이 원고 때문에 만나자고 해서요."

자신 있게 대답했다. 동틀녘 출판사처럼 커다란 출판사에서 소설 파트를 맡고 있는 팀장인 만큼 구민석과 일하는 작가는 셀 수 없이 많을 것이고, 이 여직원이 그 작가들을 모두 알 가능성은 전혀 없을 테니까.

슬쩍 고개를 드니 구민석이 멀리서 자리로 돌아오는 것이 보였다. 그것을 확인하고 재빨리 서류가방을 열어 어제 쓴 《상큼한 불륜》의 원고를 꺼내 여직원의 책상 앞에 내려놓았다.

"이거 한번 검토해 보세요."

"네? 이게 뭔데요?"

"제가 잘 아는 후배 작가가 쓴 원고입니다. 무척이나 재능이 있는 친구지요. 구팀장님에게는 말씀하지 마시고 검토해 보세요."

"네? 네."

잔뜩 의아한 표정을 짓고 있는 여직원이 결국 원고를 받아드는 것을 보고 잘 부탁한다며 눈을 찡긋 해 주었다. 어차피 내 이름과 연락처를 적어두었으니 머지않아 연락이 올 것이다.

이곳을 찾은 소기의 목적들 중 하나를 가볍게 달성했으니 이제 남은 것은 구민석과의 만남뿐이었다. 저 멀리서 내 얼굴을 확인하고서 벌써 얼굴을 찡그리고 있던 구민석이 의외라는 듯 바라보며 내게 손을 내밀었다.

"전에 한 번 뵈었죠?"

"기억하시는군요."

"그런데 형사님께서 여기는 어쩐 일이십니까?"

"궁금한 것이 몇 가지 있어서요."

"제게요?"

"네."

악수를 하며 맞잡은 구민석의 손은 냉랭한 표정과는 달리 무척이나 따뜻했다.

"물어보시죠."

"그 전에 부탁 하나만 드려도 될까요?"

"뭔가요?"

"발을 한 번 볼 수 있을까요?"

구민석이 본능적으로 구둣발을 슬쩍 뒤로 빼며 경계하는 눈초리로 날 노려보았다. 그런 눈으로 바라보지 마라. 나는 페티시즘에 빠져서 허우적거리는 놈이 아니니까. 게다가 털이 숭숭 난 남자의 발을 보며 황홀한 감정에 빠질 정도로 한심하지는 않다.

"곤란하신가요? 실례했습니다. 제가 너무 무리한 부탁을 드린 것 같네요."

아무래도 구민석은 자신의 발을 보여줄 생각이 없는 것 같았다. 그리고 더 고집을 피우다가는 남자 발에 집착하는 페티시즘을 가진 변태성욕자로 몰릴 것 같았다. 그래서 정중하게 사과한 다음, 구민석의 발을 확인하는 것은 깔끔하게 포기했다. 대신 이제부터는 잠시 미뤄두었던 질문들을 쏟아낼 시간이었다.

"윤철민 작가에게서 들은 말에 의하면 김정현 씨의 신작이 여기서 출판된다고 하던데 맞습니까?"

김정현의 이름이 흘러나와서일까? 구민석의 표정이 살짝 굳어졌다. 하지만 이내 대답했다.

"계약이 되어 있었던 것은 맞습니다."

"원고는 물론 들어왔겠지요?"

"그건…."

"이미 죽은 김정현 씨에게서 직접 건네받은 것은 아닐 것이고 홍윤아 씨에게서 받았겠지요?"

홍윤아의 이름이 내 입에서 흘러나오자 구민석의 표정이 또 한 번 굳어졌다.

　　　　　　　　　　　　　행운흥신소 사건일지

"지금 대체 무슨 말을 하는….”

“손으로 직접 쓴 원고는 오래간만이라 편집하기가 쉽지 않았겠네요.”

어차피 구민석이 있는 한 이 출판사에서 책을 내는 것은 어려울 것을 알기에 거칠게 몰아붙이기로 했다. 그리고 반응은 금세 나타났다. 예상치 못하게 허를 찔린 듯 낭패한 기색이 역력한 구민석의 표정은 내 예상이 빗나가지 않았다는 것을 말해주고 있었다.

“아직 젊은 나이인데도 불구하고 이 정도로 큰 출판사의 팀장이라니. 능력이 대단하신가 봅니다.”

“그것도 문제가 됩니까?”

“물론 아닙니다. 그런데 제가 소문을 듣자 하니 총괄팀장으로 승진할지도 모른다는 소문이 있더군요.”

“누가 그런 말을 합니까?”

“그게 중요하진 않지요. 비록 요근래 구민석 팀장님이 고르신 작품 몇 개의 반응이 좋지 않아서 회사 내 입지가 위축되기는 했지만, 올해가 가기 전에 대박 작품 하나만 터트리면 총괄팀장이 될 것이라고 그러던데.”

구민석이 입매를 실룩이기 시작했다. 그리고 대체 하고 싶은 말이 뭐냐는 듯 쏘아보고 있는 구민석과 대조적으로 나는 느긋한 웃음을 지은 채 말했다.

“요즘 출판 시장이 많이 어렵죠? 그리 눈에 띄는 신인작가는 없고, 총괄팀장으로 승진을 하려면 올해 안에 어떻게든 대박 작품은 내놓아야 하고."

"……."

"이제는 고인이 된 김정현만 한 신인 작가도 없지요. 하지만 승부를 걸기에는 조금 약하다는 느낌이 들었겠지요. 그러나 이제는 이 세상에 없는 고 김정현 작가가 마지막으로 남긴 유작이라는 타이틀이 붙으면 상황은 백팔십도 달라지지요."

"그래서요?"

"그래서 죽였습니까?"

서론은 길었지만 이게 진짜 내가 던지고 싶었던 질문이었다. 눈에 띄게 허둥대는 구민석이 보였다. 하지만 구민석도 만만한 자는 아니었다. 잠시 일그러졌던 표정을 순식간에 수습하며 오히려 피식 웃었다.

"이야기 잘 들었습니다. 소재도 탁월하고 이야기를 만들어내는 재능도 무척 뛰어나시군요. 아예 소설을 쓰지 그러십니까?"

걱정하지 마라. 네가 그렇게 걱정하지 않아도 쓸 생각이니까.

상큼한 불륜부터 시작해서 엽기적인 불륜, 그리고 지저분한 불륜까지. 일단 불륜 시리즈를 완성하고 나면 이번 사건을 주제로 추리소설을 쓰는 것도 나쁘지 않을 것 같다는 생각이 들었다. 물론 이 사건을 완전히 파헤치고 난 다음이겠지만.

어쨌든 구민석이 젊은 나이에 이만한 회사의 팀장 자리를 꿰찬 것이 우연은 아닌 게 확실했다. 금세 나의 작가적 재능을 파악하는 것으로 봐서.

“아직 끝이 아닌데 좀 더 들어보시겠습니까?”

구민석의 표정은 차갑게 굳어 있었지만 눈빛은 이글이글 타오르고 있었다. 하지만 겁먹을 내가 아니었다.

“제가 만나보았던 윤철민이라는 작가는 자신의 글에 대한 자부심이 대단하더군요. 물론 책의 판매량은 형편없었지만. 그리고 윤철민 작가처럼 자신이 쓴 글에 대한 자부심이 강한 사람은 판매량이 형편없는 것을 자신의 탓이 아닌 남의 탓으로 돌리려는 습성이 있지요. 예를 들면 독자들의 수준이 낮아서 자신의 글이 인정받지 못한다거나, 출판사가 너무 영세해서 홍보가 제대로 이뤄지지 않아서 그렇게 된 것이라고. 전문가적 입장에서 보셨을 때 제 말이 틀립니까?”

구민석은 아무 대답이 없었다. 윤철민의 이름이 나올 때부터 표정이 더욱 굳어진 채 조용히 듣고만 있었다.

“그래서 윤철민 작가는 출판사를 옮기고 싶어했죠. 홍보력과 판매망이 갖춰진 대형 출판사로. 하지만 그게 쉽지는 않은 일이지요. 자기 고집에 빠져서 헤어나오지 못하는 작가의 글을 선택할 정도로 대형 출판사의 눈이 낮지는 않으니까요. 그런데 윤철민 작가가 이번에 꿈을 이뤘더군요. 바로 이곳. 동틀녘 출판사에서.”

요즘 절전이 대세라서 그런지 몰라도 사무실은 조금도 덥지 않았다. 하지만 구민석의 이마에는 식은땀이 맺혀 있었다.

“자, 그럼 이 시점에서 질문을 하나 하지요. 구민석 팀장님은 다른 대형 출판사들이 철저하게 외면한 윤철민 작가의 글을 적지 않은 금액의 위약금까지 문학나라 출판사에 대신 물어주면서 선택하신 이유가 뭡니까?"

"그건… 내 개인적인 판단입니다. 그리고 나는 그럴 권한이 있습니다."

"그러니까 남의 일에 신경 쓰지 말라?"

"전문가적 입장에서 볼 때 윤철민 작가의 글에 그만한… 가치가 있다고 판단했기에 내린 결단입니다."

뒷주머니에서 손수건을 꺼내 이마에 맺힌 식은땀을 닦아내는 구민석의 안색이 창백했지만 아직 끝이 나려면 멀었다.

"도저히 내칠 수가 없었겠죠. 약속한 대로 보답도 해야 했을 테고. 그는 김정현을 죽이는 데 비록 작은 부분이나마 동참을 했으니까요."

가뜩이나 창백하던 구민석의 안색이 밀랍인형처럼 하얗게 질렸다. 안쓰러울 정도로.

그래서 마지막으로 홍윤아의 이름을 꺼내려는 찰나, 구민석이 얼굴을 붉게 물들인 채 소리 질렀다.

"당신 정체가 뭐야? 형사 아니지?"

아무래도 너무 몰아붙인 것 같다. 도망갈 구멍 하나 정도는 만들어 주고 몰아붙였어야 했는데. 궁지에 몰려 고양이를 물어뜯을 기세인 생쥐처럼 악독한 표정을 짓고 있는 구민석을 향해 사무실 사람들의 시선이 일제히 몰려들었다. 하지만 그 시선도 전혀 느끼지 못하는 듯 구민석은 주먹을 꽉 움켜쥔 채 나를 쏘아보고 있었다.

“대답해. 정체가 뭐야?”

그리고 다시 몰아붙이는 구민석을 보던 나는 품속에서 지갑을 꺼냈다. 오랜만에 명함을 돌릴 수 있는 좋은 기회다. 어차피 가짜 형사 노릇은 더 할 필요가 없었다. 내가 꺼낸 명함을 받아든 구민석의 볼살이 부들부들 떨리기 시작했다.

“당장 경비 불러.”

또다시 소리를 지르는 구민석을 보고 화들짝 놀라며 조금 전 내 원고를 받아든 여직원이 수화기를 들었지만 쓸데없는 짓이다. 경비까지 만나 얼굴을 붉힐 생각은 없다. 난 내 발로 걸어나갈 테니까.

“홍윤아 씨가 예쁘긴 하죠. 특히 다리가.”

“……?”

“며칠 전 함께 보냈던 밤은 즐거우셨나 모르겠네요? 나는 그날 당신이 홍윤아 씨의 집에서 나오기를 기다리느라 동태가 될 뻔했는데.”

한 걸음 더 다가가 움찔하는 구민석의 귓가에 대고 속삭였다. 그리고 서둘러 사무실을 빠져나왔다. 아무래도 경비에게 끌려서 나가고 싶지는 않았다. 그건 아무래도 간지가 나지 않으니까.

*

윤철민은 추리소설을 쓰는 작가다. 그런 만큼 그는 살인이라는 방면에 많은 경험이 있다. 비록 책을 통해 얻은 간접 경험이라고는 하지만.

어쩌면 고양이 목 정도는 직접 졸라서 죽여본 경험이 있을 수도 있다. 어쨌든 그는 대한민국 경찰의 수사가 어떤 방식으로 진행되는지 대부분 꿰뚫고 있을 것이다. 그리고 그것을 미끼로 구민석에게 접근했을 것이다. 비록 지금은 배신했다고 하나 윤철민은 김종학과 친했고, 덕분에 구민석이 처한 절박한 상황도 알고 있었을 테니까.

실종 신고를 한 것도 윤철민의 머리에서 나온 생각일 가능성이 높았다. 살인이라면 경찰들이 최대한 집요하게 파고들겠지만 실종이라면 어느 정도 수사를 하다 그친다는 것을 아니까.

게다가 다른 장점도 있다. 삼 개월의 시간이 지난 뒤에 김정현의 사체가 발견된다고 하더라도 부패가 꽤나 진행된 상황이다. 실제로 김정현의 사체를 내가 발견했을 당시 부패가 많이 진행된 상황이었다.

자연히 사체를 통해서 알아낼 수 있는 것은 많이 사라질 수밖에 없다. 부검을 한다고 해도 이미 부패가 잔뜩 진행된 사체를 통해 사망 추정 시각을 알아내는 것은 불가능하다. 당연히 알리바이 조사도 물 건너간 것이고. 부검을 통해서는 기껏해야 사인 정도를 규명할 수 있을 뿐이다. 게다가 윤철민은 여기에 최정우를 끌어들였다. 모르긴 몰라도 이 부분에서도 치밀하게 조사했을 것이다.

도와줄 가족이나 일가친척이 없고, 바깥에 나가는 것을 꺼리며 집 안에서 컴퓨터 게임이나 악성 댓글을 다는 것이 유일한 취미인

  행운홍신소 사건일지

자를 물색했을 것이고, 그 조건에 부합하는 최정우를 마침내 찾아 냈을 것이다.

이 모든 것이 수사를 시작하는 경찰에 혼선을 주기 위한 장치였고, 윤철민이 마련한 이 장치는 멋지게 들어맞았다. 경찰 수사는 윤철민이 의도한 대로 흘러갔으니까.

모든 것이 완벽했다. 구민석은 김정현의 죽음으로 인해 동틀녘 출판사에서 나올 김정현의 차기작에 유작이라는 타이틀을 붙이는 데 성공했고, 윤철민은 그토록 바라던 대형 출판사에서 자신의 책을 내게 되었으니까.

여기까지가 내가 생각한 추리다. 하지만 여전히 몇 가지 의문점은 남는다.

우선 김정현이 구민석이 팀장을 맡고 있는 동틀녘 출판사와 계약한 이유다. 물론 글을 쓰는 사람이라면 자신의 글이 좀 더 많은 사람들에게 읽힐 수 있도록 홍보력과 판매망이 체계적으로 갖추어진 대형 출판사와 계약하고 싶어하는 것이 당연하다는 윤철민의 설명이 있었지만 어딘가 부족했다. 김종학의 말에 따르면 김정현은 인세나 홍보 같은 문제에 있어서 그리 크게 신경 쓰지 않았다고 했으니까.

다음으로 의문이 남는 것은 홍윤아다. 홍윤아는 이번 살인에 얼마나 관여하고 있었을까? 만약 관여했다면 살인 동기는 무엇일까?

나로서는 도무지 살인 동기를 추측할 수가 없었다. 그리고 무엇보다 결정적인 문제는 모두가 내 추리일 뿐, 증거가 없다는 것이다.

아무리 뛰어난 추리를 선보인다 해도, 증거가 없다면 법정에서 판사는 내게 재능이 있으니 추리소설이라도 쓰라고 비웃음을 던지고 무죄 선고를 내릴 것이 틀림없었다.

어느새 이번 사건의 끝에 도착했다는 느낌이 들었다. 그리고 이제 남은 것은 증거를 찾는 일뿐이었다. 도저히 빠져나올 엄두조차 내지 못할 결정적인 증거를.

*

집으로 돌아와 꼬박 하루를 고민했다. 완벽한 살인은 없다. 허점을 최대한 줄인 살인은 있겠지만. 그러나 그들이 남긴 살인의 흔적인 결정적인 증거를 찾을 방법은 요원하게만 느껴졌다.

화륵 소리와 함께 라이터 불이 켜졌다. 또 한 개비의 담배를 꺼내 입에 문 내가 재떨이 위에 수북하게 쌓인 꽁초들을 보며 쓴웃음을 지을 때 반장님에게서 전화가 걸려왔다. 그리고 그제야 반장님에게 의뢰를 맡겼다는 사실이 떠올랐다.

"잘 하고 계시죠?"

"네 덕택에 이 나이 먹고 러브 호텔까지 들어와 보고 호강하는군."

"가끔씩 사모님과 한 번 들리세요. 무척 좋아하실 걸요."

"그래. 예쁘게 꾸며놓긴 했군."

"사진은 잘 찍으셨죠?"

"기자회견장 못지않게 플래시를 터트려주었지. 그보다 이번 일을 하다가 재밌는 사실을 알게 돼서 너한테 알려주려고 전화했지."

재밌는 사실이라. 내가 하는 일에 재미를 느낄 만한 것은 별로 없다. 굳이 찾는다면 다른 사람의 정사를 훔쳐본다는 것 정도. 설마 그새 반장님이 관음증의 매력에 빠지기라도 한 걸까?

"목소리가 밝으신 걸 보니 정말 재미있으셨나 보네요. 혹시 퇴직하고 나서 동업하자고 하실 건 아니죠?"

"실없는 소리하지 말고 들어봐. 네가 조사하라고 했던 서영민이라는 놈의 뒤를 밟다 보니 느낌이 이상하더라고. 마치 누군가가 나를 지켜보는 느낌이랄까."

"반장님을요?"

"엄밀히 말하면 내가 아니라 서영민이라는 놈을 감시하는 것이었지."

"그러니까 반장님 말고 다른 사람도 서영민이라는 남자를 몰래 감시하고 있었다는 뜻이군요."

"그래."

"가만두셨습니까?"

"가만둘 리가 있나? 조수놈을 시켜 붙잡았지."

"조수요?"

"이렇게 험한 일을 혼자 할 수 있나? 교육 명목으로 이번에 들어온 신참 하나 데리고 다니는 중이야."

자랑스럽게 이야기하는 반장님의 목소리를 듣다 보니 갑자기 강력계에 새로 들어온 신참의 표정이 궁금해졌다. 처음 강력계로 발령을 받고 긴장감과 함께 묘한 자부심을 느꼈을 터였다.

살인, 강간, 조직폭력배 소탕 작전. 당연히 이런 업무를 맡을 것이라고 기대하고 있었을 텐데 실제로 맡은 임무는 배 나온 중년 남자가 마누라 아닌 젊은 여자와 정사하고 있는 현장의 사진이나 찍는 것이니 처참하게 찌푸려져 있을 것이 틀림없었다. 어쨌든 이것이 중요한 것은 아니었기에 다시 질문을 던졌다.

"누굽니까?"

"너와 동종업계에 몸담고 있는 놈이야. 서영민이라는 늙은이가 바람을 피우고 있는 여자, 이름이 이수화인데 이 여자의 남편도 뭔가 낌새가 이상하다고 느꼈는지 흥신소에 의뢰했었더군."

무척이나 재밌는 세상이다. 서로 불륜을 저지르고 있는 서영민이나 이수화는 각자에게 흥신소 직원이 한 명씩 붙어 있다는 것을 꿈에도 몰랐을 것이다.

"사진은 먼저 찍으셨죠?"

"아니, 나보다 그놈이 먼저 찍어버렸어. 하지만 걱정하지 마, 내가 그놈의 사진기를 빼앗아 놓았으니까."

역시 반장님은 믿고 일을 맡길 만한 분이다. 어떤 일을 하더라도 맡은 바 직무에 최선을 다하시니까.

"그리고 사진기를 빼앗은 게 미안해서 담배나 하나 물려주며 이런저런 얘기를 나누다 보니 의외의 이름이 나왔어."

"누구 이름인데요?"

"김정현."

"김정현요?"

꿈에도 예상치 못했던 이름을 들으며 내 목소리가 절로 커졌다. 이거야 원. 정말로 재미있는 세상이다.

"자기 부인, 그러니까 홍윤아의 뒷조사를 해 달라고 부탁했대."

"그게 언제죠?"

"정확한 날짜는 기억나지 않는데 6월 말 정도라고 하더군."

6월 말이라, 그 당시라면 김정현이 실종되기 약 한 달 전인 셈이었다. 홍윤아와 구민석이 자신 몰래 오랜 시간 만나왔다는 것을 그때가 되어서야 눈치챈 것일까? 아니면 홍윤아와 구민석은 그 무렵부터 만나기 시작한 것일까?

"그런데 이상한 점이 있었다고 해."

"어떤 면이 이상했다는 겁니까?"

"김정현이 이상했다는군. 자신에게 찾아와서 의뢰를 할 때 지나칠 정도로 차분했다고 하더군. 마치 아무런 감정의 동요가 없는 사람처럼."

반장님의 말을 듣고서 나도 이상한 느낌을 받았다. 상대방의 불륜을 의심하고 조사를 의뢰하러 흥신소를 찾아오는 대부분의 사람들은 상당히 격앙된 상태다. 물론 처음에는 차분하게 보이는 사람들도 있기는 하지만 이야기를 꺼내다 보면 어느새 흥분해서 소리를 지르거나 눈물을 보이기 일쑤다. 그도 아니면 증오하며 저주를 퍼붓거나. 그리고 나는 그 이유를 잘 알고 있다. 애정이 남아 있기 때문이다. 한줌의 애정도 남아 있지 않은 사람만이 그렇게 차가워질 수 있다. 그게 아니라면 너무 지독히 사랑해서 배우자의 부정한 일마저도 온전히 이해하는 사람만이 가능한 일이다.

두 가지 경우 중 김정현은 어느 쪽일까? 나로서는 알 수가 없다. 그것을 판단하기에 나는 여전히 김정현에 대해서 아는 것이 너무나 없었다.

"현장은 잡았답니까?"

"그래."

"누구라고 합니까?"

"이름까지는 기억나지 않는데 출판사 쪽에서 일하는 놈이라는군."

이름은 내가 알고 있다. 구민석이다.

"반장님!"

"왜?"

"그놈 아직 옆에 있습니까?"

"그래. 한쪽 눈이 시퍼렇게 멍든 채 잔뜩 신경이 날카로워진 내 조수 눈치를 살피고 있는데. 왜? 바꿔 줄까?"

"아니요. 하나만 물어봐주세요. 얼마나 받았는지?"

"착수금 이백에 성사금 삼백 받았다는군."

이럴 수가. 착수금 이백에 성사금 삼백이면 별로 힘들지도 않은 불륜 조사를 하면서 무려 오백이나 챙긴 것이다. 갑자기 화가 치밀

   행운흥신소 사건일지

었다. 법정에서 판사의 눈까지 휘둥그레지게 만드는 예술 사진을 찍어주는 나보다 두 배나 많이 받아먹은 셈이었다.

이건 문제가 있다. 이런 식이라면 시장에서 고객의 신뢰를 잃고 만다.

"그놈 처넣어 버리세요."

"이놈을?"

"네."

"죄목은?"

"공정거래위반법!"

이건 내 신조다. 시장의 질서를 어지럽히는 놈은 용서할 수 없다.

*

새벽 다섯 시가 되어서야 잠이 들었다. 하지만 고작 두 시간도 눈을 붙이지 못하고 다시 눈을 떴다. 제대로 잠을 자지 못해 두 눈이 벌겋게 충혈된 채 사무실로 출근했다. 지겹지도 않은지 아침부터 손톱 손질을 하고 있는 얼음공주에게 인사를 할 정신도 없이 의자에 등을 묻고 눈을 감았다.

문제는 홍윤아였다. 홍윤아가 어떤 방식으로든 분명 이번 살인 사건에 관계가 있는 것이 분명한데 도무지 살인 동기를 파악할 수 없었다. 답답한 마음에 눈을 감고 생각에 잠겨 있던 나는 코끝을 찌르고 있는 커피향을 느끼고 살며시 눈을 떴다.

눈을 뜬 내 앞에 커피잔이 놓여 있었다. 비록 내가 좋아하는 원두커피가 아닌 자판기 커피이기는 했지만. 그리고 이렇게 기특한 행동을 한 것이 얼음공주라는 것을 깨닫고는 놀라지 않을 수 없었다.

"무슨 짓이지?"

"뭐가?"

"독이라도 탔나?"

"줄 때 고맙게 먹어."

너무 갑작스런 일을 마주하게 되자 의심부터 들었다.

"갑자기 왜 이래?"

붉게 충혈된 눈으로 바라보며 질문을 던지자 얼음공주가 싸늘한 시선으로 나를 마주보며 대답했다.

"눈이 빨간 것이 당장이라고 죽을 것 같아서."

"그래서?"

"죽기 전에 소원이라도 들어주려고. 내가 타주는 커피 마시고 죽으면 여한이 없을 것 같다고 그랬잖아."

고작 자판기 커피 한 잔 뽑아주면서 거창하게 소원까지 들먹일 줄이야. 사실 틀린 말은 아니다. 얼음공주가 타주는 커피를 마시는 것이 내 소원이라고 한 적이 있으니까. 그러니까 얼음공주는 나름대로 내게 온정을 베풀어준 것이다. 눈이 붉게 충혈된 것을 보고 얼마 안 가 죽을 것이라 생각하고 소원을 들어준 셈이니까.

그래, 역시 얼음공주는 그렇게 차갑기만 한 여자는 아니다. 이렇게 온정을 베풀어주는 것을 보니.

“김정현의 사인은 교살이야. 목이 졸려 죽었지.”

그 순간이었다. 김정현의 사인이 질식사라고 담담히 말하던 반장님의 목소리가 떠오른 것은.

사람을 죽이는 방법은 많다. 가장 간단한 것은 총으로 쏘는 것이다. 하지만 총은 구하기 어려우니까 다음으로 간단한 방법을 생각해 보면 칼로 찌르는 것이다. 물론 피를 봐야 한다는 단점이 있지만. 만약 굳이 피를 보는 것이 마음에 들지 않는다면 청산가리 같은 독약을 먹이는 방법도 있다.

그래, 음식에 독약을 타서 죽이는 것이 어쩌면 가장 간단한 방법이었다. 그런데도 김정현을 죽인 자는 왜 굳이 목을 졸라 죽였을까? 특별히 사인을 감추려 한 것도 아닌 것 같은데.

목을 졸라서 죽이는 것은 그다지 쉬운 방법이 아니다. 게다가 서서히 죽어가는 상대방의 눈을 끝까지 바라보는 것은 웬만큼 냉혹한 살인마가 아닌 이상 결코 내키는 일이 아니다. 거기까지 생각이 미치자 갑자기 한 가지 생각이 머리를 스치고 지나갔다.

“그래. 그랬을지도 몰라!”

등을 기대고 있던 의자에서 벌떡 일어났다.

“헛소리까지 시작하는 걸 보니 진짜 얼마 있지 않아 죽겠네.”

한심하다는 듯 얼음공주가 꺼내는 한마디가 귓가에 들렸다. 그렇지만 나는 지금 제정신이 아니었다. 복잡하게 얽혀 있던 실타래가 드디어 풀리기 시작했으니까. 하지만 이내 다시 한숨을 내쉬었다.

몇 군데에 걸쳐 복잡하게 얽혀 있던 실타래의 한쪽 귀퉁이가 풀린 것에 불과했다. 홍윤아가 김정현을 죽인 동기라는 가장 복잡하게 얽힌 실타래는 여전히 풀리지 않은 상태였다.

"그 여자 생각하는 거야?"

여자의 직감은 무섭다는 것을 다시 한 번 느꼈다. 고민에 빠진 내 얼굴만 보고도 홍윤아 생각을 하고 있다는 것을 알아채는 것을 보니. 하지만 지금 나는 얼음공주와 싸울 여유가 없었다. 막혀버린 실타래를 풀어내는 데도 역부족이었으니까.

"김정현은 다 알고 있지 않았을까?"

"무슨 소리야?"

눈을 감은 채 마지못해 대답하자 얼음공주는 다시 입을 뗐다.

"김정현이 쓴 책. 읽어봤어?"

"그래."

"혹시 그런 거 아닐까? 김정현은 자신의 부인이 바람을 핀다는 것을 모두 다 알고 있지 않았을까? 어쩌면 태어난 아이가 자기 아이가 아니라는 것도 알고 있었을지도 모르고."

"왜 그런 생각을 한 거야?"

"작가니까. 작가는 무의식중에 글 속에 자신의 이야기를 그리는 경우가 대부분이라고 하니까."

나도 모르게 얼음공주를 와락 껴안았다. 왜 여태까지 그 책을 까맣게 잊고 있었던가를 자책할 수밖에 없었다. 그렇게 풀리지 않던 실타래가 마침내 풀리기 시작했다.

"신고할 거야."

“뭘?”

“직장 내 성희롱!”

“한 번만 봐 주면 안 될까?”

“특별히 한 번만 용서해 줄게.”

찰싹. 굳이 뺨은 때리지 않아도 좋았을 텐데. 어쨌든 오늘 얼음공주는 너무 예뻐 보였다.

얼음공주가 뽑아 준 자판기 커피를 들고 사무실을 뛰쳐나오면서 휴대전화를 열어 반장님에게 전화를 걸었다.

“아침부터 웬일이야?”

“전에 부탁한 것 알아보셨습니까?”

“급한 일이야? 사진기는 오늘 돌려줄게.”

“그거 말고 김정현의 인세 사용 내역요.”

“아, 그것. 알아봤지. 김정현의 이름으로 통장이 개설된 것은 없었어.”

“없었다고요?”

“그래. 다만 김민지라는 이름으로 개설된 통장은 있었어.”

개설된 통장이 없었다는 대답을 듣고 실의에 빠졌다가 다시 기운을 회복했다.

“통장 잔고는요?”

“천만 원 정도. 단 십오 년 뒤에 찾을 수 있게 되어 있더군.”

십오 년이라. 민지라는 여자 아이가 다섯 살이었으니 십오 년 뒤면 스무살일 테고 그때는 대학에 들어갈 때쯤 되리라. 인세의 절반인 천만 원 정도가 비었지만, 그것을 어디에 사용했는가는 짐작이 갔다. 아마 생명보험을 가입하는 데 사용했을 것이었다.

"그런데 의아한 게 하나 있었어. 통장은 김정현의 누나가 가지고 있더군. 통장을 개설한 때가 6월이었으니 그 당시만 해도 아직 김정현이 실종되기 전이었는데 왜 부인에게 맡기지 않고 누나에게 맡겼을까?"

"그야… 가족이니까요."

"가족이라. 부인도 가족이야. 아니 그야말로 가장 가까운 가족이지. 오죽하면 촌수도 없는 무촌이겠나."

"돌아서면 남이 되기 때문에 무촌이죠."

명백한 견해 차이가 있었다. 불륜 전문 흥신소 사장이 보는 것과 반장님이 보는 것과는 차이가 있을 수밖에 없었다. 그 말을 남기고 조용히 전화를 끊었다.

근처에 있는 문방구를 향해 걸어가면서 나는 담배를 꺼내 물었다. 김정현은 이미 알고 있었다. 그러나 나로서는 짐작할 수가 없었다. 이미 알고 있었던 것이 행복했을지. 어쩌면 아무것도 모르던 편이 나았을지 모르겠다는 생각이 들었다.

생각에 잠긴 채 걷다 보니 어느새 문방구에 도착해 있었다. 문방구에 들어가서 1,500매 원고지를 꺼냈다. 그 다음 서류 가방에서 김정현이 쓴 책인 《사랑은 두 번 울지 않는다》를 꺼내 곁에 놓아두고 높이를 비교해 보았다. 그리고 내 예상은 빗나가지 않았다. 높이가

 행운흥신소 사건일지

정확히 일치했다. 이제 남은 것은 하나뿐이다.

*

　두툼한 분홍색 파카를 입은 민지의 손을 꼭 잡은 채 서 있는 홍윤아의 모습이 보였다. 잠시 후 노란 색 버스가 도착하자 홍윤아는 민지를 그 버스에 태우고 한참이나 손을 흔들다가 다시 집으로 들어갔다. 그것을 확인한 후에 차를 몰고서 어린이집으로 향하는 버스의 뒤를 따라갔다. 약 이십여 분이 지난 후 버스는 '새롬 어린이집' 앞에 도착했다.

　근처에 차를 주차하고 노란 가방을 등에 멘 민지 또래의 아이들이 버스에서 내리고 있는 곳으로 다가갔다. 아이들이 버스에서 내리는 것을 도와주고 있는 젊은 여자 곁으로 조용히 다가가 민지가 내릴 때 입을 뗐다.

　"민지야!"

　갑자기 들리는 내 목소리에 놀란 듯 흠칫하며 고개를 돌리는 젊은 여자가 안심하도록 희미한 웃음을 지어주었다. 뭐, 그래도 그다지 안심하는 기색은 아니었지만.

　걱정하지 마라. 적어도 유괴범은 아니니까.

　"누구세요?"

　"민지 외삼촌입니다."

　"아, 네…."

그제야 젊은 여자가 가볍게 고개를 숙이며 인사했지만 민지라는 꼬마가 산통을 깼다.

"나, 외삼촌 없는데…."

금세 젊은 여자의 눈에 다시 의심이 깃들었다. 명백한 내 실수였다. 홍윤아는 외동딸이라고 했었는데 그것을 깜박했다.

"하도 오래간만에 만났더니 민지가 기억을 못 하네요. 하하."

어색하게 웃음을 흘리며 민지의 머리를 쓰다듬었다.

"민지야, 아빠는 어디 계시니?"

"아빠는 집에 있어."

틀렸다. 김정현은 이미 죽어서 땅속에 묻혀 있다. 아마 지금 민지가 말하는 아빠는 구민석이겠지. 더 이상 말을 걸지 않고 민지의 얼굴을 유심히 바라보았다. 아니, 좀 더 정확히 말하면 콧등을 바라보았다.

살짝 꺼진 콧등, 장례식장에서 보았을 때만 해도 다친 것인 줄 알았다. 하지만 아니었다. 다친 것이 아니라 유전이었다. 동틀녘 출판사에서 만났던 구민석의 콧등도 살짝 꺼져 있었다. 그에 반해 거실에서 보았던 결혼사진 속의 김정현과 홍윤아의 콧날은 시원하게 뻗어 있었다. 이 콧등을 보고도 눈치채지 못했다면 바보겠지.

"아빠 안 보고 싶어?"

"보고 싶어."

아무것도 모른 채 대답하는 민지의 머리를 쓰다듬었다. 그래, 김정현도 지금쯤 무척이나 너를 보고 싶어할 것이다. 여전히 미심쩍

 행운흥신소 사건일지

은 눈으로 나를 바라보는 젊은 여자를 향해 빙긋 웃어주고는 미리 백화점에 들러서 구입해 두었던 분홍색 구두를 꺼냈다.

"이거 민지 선물인데. 한번 신어볼래?"

어리든, 나이가 든 여자든 선물에 약하다는 말은 진실이었다. 내 손에 들려 있는 구두를 보자마자 민지의 표정이 밝아졌다. 어느새 원래 신고 있던 신발을 벗기 시작하는 민지를 보며 생각했다. 만약 명품 가방을 사왔으면 내 뺨에 뽀뽀를 해 주었을지도 모르겠다고.

신발에 딸려 양말이 벗겨지면서 민지의 발이 드러났다. 발을 바라보던 나는 쌀알처럼 작은 발톱을 확인하고 한숨을 내쉬었다. 이 발톱의 모양은 유전이 아니었다. 발톱을 짧게 잘라서 인위적으로 만들어낸 발톱 모양이었다.

"이렇게 짧게 발톱을 깎을 때 아프지 않았어?"

"아팠어. 피도 났는데 민지는 꾹 참았어."

"왜?"

"아빠가 좋아했으니까."

민지가 또렷한 목소리로 대답했다. 그리고 지금 민지가 말한 아빠는 구민석이 아니라 김정현이었다.

"그랬구나."

민지의 머리를 쓰다듬어 주며, 쓴웃음을 지었다. 김정현은 거짓말을 했다. 김정현과 민지의 발가락은 조금도 닮지 않았다.

구두 때문에 민지의 관심에서 멀어져 찬밥 신세가 된 후에 나는 차로 돌아왔다. 드디어 복잡했던 실타래가 거의 풀렸다. 이제는 홍

윤아의 집으로 돌아갈 때가 되었다. 그리고 그날은 꼭 오늘이어야
했다. 오늘이 두 사람의 결혼기념일이니까.

*

오늘따라 날씨가 포근하다. 홍윤아의 집으로 다가가 벨을 눌렀
다.

"누구세요?"

"택배 왔습니다."

"택배요? 누가 보낸 건데요?"

인터폰을 통해 흘러나오는 홍윤아의 목소리를 들으며 나는 곁에
서 있는 반장님을 힐끗 바라본 후 대답했다.

"김정현 씨가 보낸 겁니다."

"뭐라구요?"

"오늘이 결혼기념일이라고 하더군요. 김정현 그 친구가 오늘 꼭
이 선물을 홍윤아 씨에게 전해 주라고 하더군요."

이미 죽어버린 사람이 보낸 선물. 그래, 나는 오늘 더 이상 이 세
상에 없는 김정현이 홍윤아에게 보낸 선물을 전해 주기 위해 다시
이곳에 왔다.

이제 나라는 것을 눈치챘을까? 홍윤아는 문을 열지 않았다.

"당신 자꾸 여기 나타나는 이유가 뭐야?"

대신 잔뜩 신경질이 난 듯한 구민석의 목소리가 인터폰을 타고

 행운흥신소 사건일지

흘러나왔다. 그리고 구민석의 목소리를 듣자 씁쓸한 기분이 들었다. 비록 이제는 죽어버린 김정현이었지만, 그래도 결혼기념일인 오늘까지 구민석을 집으로 불러들였다는 사실을 확인하자 유쾌하지는 않았다.

"마침 함께 계셨군요. 오히려 잘 됐네요. 문 좀 열어주시죠."

"웃기지 마. 대체 또 무슨 헛소리를 지껄이려고 하는지 모르겠지만 어서 돌아가. 경찰 부르기 전에."

잔뜩 흥분한 듯 구민석의 목소리는 거칠었지만, 안타깝게도 경찰을 부르겠다는 협박은 내게 전혀 먹히지 않았다. 오늘은 진짜 경찰과 함께 왔으니까.

"다시 만날 일이 없을 것이라 생각했는데. 이번에는 또 무슨 일이죠?"

"커피나 한 잔 얻어먹을까 해서요."

"……."

"아무래도 마지막일 것 같거든요."

노골적으로 불만 어린 표정을 지은 채 나를 바라보고 있던 홍윤아의 눈빛이 일순 흔들렸다.

"마지막이라니 무슨 뜻이죠?"

"그보다 조금 그렇군요. 그래도 오늘이 김정현 씨와 홍윤아 씨의 결혼기념일인데 다른 남자를 집 안에 끌어들인 것은."

"당신이 상관할 일은 아닌 것 같은데요. 그리고 오늘이 결혼기념일이라는 것은 대체 어떻게 알았죠?”

차가운 홍윤아의 목소리를 듣던 내가 웃음을 지었다.

“뭐 그렇게 어려운 일은 아닙니다. 흥신소 사장이 이 정도 알아내는 것쯤은 일도 아니지요.”

달력에서 봤다는 말을 하지 않은 것은 좀 더 그럴 듯해 보이기 위해서였다.

“자그마한 흥신소 사장이라고 해서 나를 너무 우습게 본 것이 가장 큰 실수였겠지요. 안 그런가요, 구민석 팀장님?”

나를 보며 으르렁거렸지만 반장님이 곁에 서 있어서인지 구민석은 결국 아무런 말도 꺼내지 않았다. 그런 구민석을 바라보던 나는 품속을 뒤져 김정현이 결혼기념일 선물로 준비한 것을 꺼내 홍윤아에게 내밀었다.

“이게 뭐죠?”

“김정현 씨가 남긴 선물입니다.”

“선물?”

“인세로 받은 돈을 넣어둔 통장입니다. 정확히 말하면 김정현 씨의 이름이 아니라 김민지라는 이름으로 개설된 통장입니다.”

“인세라구요?”

“십오 년 뒤에 찾을 수 있도록 해 놓았더군요. 그때쯤이면 민지가 대학에 들어갈 테니 필요하다고 생각했나 봅니다.”

통장을 받아드는 홍윤아의 손이 가늘게 떨렸다. 쉽게 열어보지 못하고 통장을 가만히 쓰다듬고만 있는 홍윤아를 바라보며 나는

     행운흥신소 사건일지

말을 이었다.

　"민지가 자기 딸이 아니라는 것을 알면서도 모든 것을 아낌없이 내놓다니 정말 대단하지 않습니까? 하긴 그게 다가 아니죠. 김정현 씨는 당신의 부탁대로 동틀녘 출판사와 새 작품의 계약까지 했습니다. 당신의 애인인 구민석 씨를 위해서."

　홍윤아는 아무런 대꾸도 하지 않았다. 그리고 어느 순간부터 통장 위로 떨어지고 있는 홍윤아의 눈물을 바라보던 나는 조심스럽게 질문을 던졌다.

　"남편분이 쓴 책은 재미있었죠? 아니, 당황스러웠겠네요. 김정현 씨가 모든 것을 알고 있다는 것을 눈치채고 많이 놀랐겠지요."

　홍윤아의 어깨가 가늘게 떨리기 시작했다.

　"그래서 당신이 죽였지요? 김정현 씨가 모든 것을 알고 있다는 순간부터 무서워졌으니까요. 그 사실을 모두 알고 있음에도 불구하고 아무것도 모르는 척 당신을 대하는 것이 소름끼칠 정도로 무서웠겠지요. 물론 구민석 씨도 일조했을 겁니다. 지금이 바로 김정현을 죽일 기회라고 당신을 부추겼으니까요."

　홍윤아가 김정현을 죽인 동기 중 하나, 그것은 바로 김정현이 쓴 책이었다. 하지만 홍윤아는 쉽게 무너지지 않았다. 조개처럼 입을 꾹 다물고 있던 그녀는 예전에 날 속이기에 충분했던 절정의 연기를 펼치기 시작했다.

　"대체 무슨 말을 하는지 모르겠네요."

　"그래요? 이걸로는 부족했나 보군요."

그래, 너무 쉽게 무너지지 마라. 그래야 내가 신고 다니는 운동화
보다 무려 두 배나 비싼 구두를 사서 민지에게 선물한 보람이 있으
니까.

품속에서 두 장의 사진을 꺼내 홍윤아에게 내밀었다.

"이게 뭐죠?"

"직접 보시죠."

홍윤아는 그 두 장의 사진을 받아들고 한참을 바라보았다. 그리
고 난 콧잔등을 찡그린 채 그런 그녀를 가만히 바라보았다. 내가 내
민 두 장의 사진에는 김정현과 민지의 발이 찍혀 있다.

"그때 그렇게 말씀하셨죠? 김정현 씨가 민지와 발가락이 닮아서
무척 좋아한다고."

"그랬… 죠."

"하지만 사진을 보시면 아시겠지만, 김정현 씨와 민지의 발가락
은 전혀 닮지 않았습니다."

내가 한숨을 내쉬며 말했다. 홍윤아가 김정현을 죽인 두 번째 동
기이자 가장 결정적인 역할을 한 것이 바로 이것이었다.

발톱.

"발가락이 아니라 발톱이 닮았죠. 김정현 씨가 민지의 발톱을 이
렇게 깎아 놓은 걸 보고 나서 당신은 두려워졌을 겁니다. 아마 이런
생각을 했겠죠. 지금은 발톱이지만 이건 시작일 뿐이다. 민지를 진
짜 자신의 딸로 만들기 전까지 이 남자는 포기하지 않을 것이다. 그
러다가 결국에는 민지를 해칠지도 모른다. 당신은 그게 두려워졌

　　　　　　　　　행운흥신소 사건일지

습니다."

"……."

"김정현 씨는 이 가정을 필사적으로 지키고 싶어했습니다. 하지만 그 필사적인 각오가 점차 집착으로 변하기 시작했죠. 당신은 차마 그걸 지켜보고만 있을 수가 없었습니다. 민지를 지켜야 했으니까요."

홍윤아의 고운 얼굴이 일그러졌다. 그리고 내 추리에 대해 아무런 반박도 하지 않는 홍윤아를 대신해서 구민석이 소리쳤다.

"당신 대체 무슨 헛소리를 하는거야? 무슨 근거로 그딴 말을 지껄이는 거야?"

"근거? 솔직히 말하면 처음에는 네 놈이 죽였을 거라 생각했어. 그런데 사인이 교살이라는 것을 깨닫고 네 놈이 아니라고 판단했지."

"무슨 개소리야."

"잠자코 들어!"

구민석이 움찔했다. 그리고 나는 다시 홍윤아에게로 시선을 돌렸다.

"인간의 뇌란 특이하고도 무책임한 놈이죠. 너무나 위급할 때는 고통에서 벗어나는 장치를 마련해 두니까요."

"엔… 도르핀."

"그래요. 엔도르핀. 목이 졸려 죽을 때 처음에는 죽을 만큼 괴롭지만 한계를 넘어 죽는 순간에 이르면 엔도르핀을 분비합니다. 그래서 질식사일 경우에는 웃음을 지은 채 죽은 시체들도 있죠. 당신은 그것을 알고 있었어요.”

홍윤아의 몸이 더욱 격렬하게 떨리기 시작했다.

“김정현 씨의 얼굴에도 희미하게 웃음이 떠올라 있더군요. 그리고 김정현 씨를 부검한 결과에 반항한 흔적은 보이지 않았습니다. 사랑하는 사람의 손에 죽어서, 그리고 그것이 홍윤아 씨가 베푸는 마지막 온정이라 생각해서 행복했는가 봅니다.”

내 추리가 모두 맞았는지 확인하고 싶어서 홍윤아를 바라보았지만, 아쉽게도 그녀는 얼굴을 보여주지 않았다. 더는 견디기 힘든 듯 두 손으로 얼굴을 감싼 채 바닥에 주저앉았다.

“내가… 내가 그 사람을… 죽였어요.”

마침내 홍윤아가 무너졌다. 바닥에 떨어진 통장을 바라보던 홍윤아가 자신의 두 손을 혐오스럽다는 듯이 바라보았다.

“그러고 싶지 않았는데… 정말 그러고 싶지 않았는데….”

“알고 있습니다. 그렇지만 한 번 저지르고 나면 돌이킬 수 없는 것이 살인이지요.”

이미 체념한 듯 오열하며 고개를 끄덕이는 홍윤아를 바라보던 구민석이 도저히 이해할 수 없다는 듯이 내게 소리쳤다.

“대체 어떻게 알았지?”

구민석은 광기 어린 두 눈을 번뜩이고 있었다. 완벽했던 계획의 어디에 구멍이 난 것인지 도무지 이해할 수 없다는 표정을 짓고 있는 구민석을 향해 대답해 주었다.

"결혼기념일!"

"결혼기념일?"

"그래. 홍윤아 씨가 전에 그런 말을 한 적이 있었지. 남편은 무심한 사람이라 생일이나 결혼기념일도 잊어먹고 넘어가는 경우가 많다고. 하지만 김정현의 컴퓨터 곁에 떨어져 있던 포스트잇을 보고 알았지. 거짓말이라는 것을."

"무슨 소리지?"

"2005년 11월 15일. 김정현은 결혼기념일을 잊지 않기 위해서 비밀번호로 사용할 만큼 다정한 남자였어."

구민석이 얼굴을 일그러뜨렸다. 그런 그를 노려보며 나는 다시 입을 뗐다.

"경찰은 실종된 김정현을 찾아내기 위한 수사를 하지 않고, 김정현의 사체는 꼭 발견시켜야 했겠지. 그래야 김정현의 작품 앞에 유작이라는 타이틀을 붙일 수 있을 테니까."

구민석의 호흡이 거칠어졌지만, 아직 끝난 것이 아니다.

"그래서 허름해 보이는 행운흥신소를 이용하려고 했지. 윤철민이 내게 악성 댓글 때문이라고 말한 것도, 그리고 서재의 컴퓨터 본체 옆에 아이디와 비밀번호가 적힌 포스트잇을 치우지 않고 남겨둔 것도 그 이유였어. 하나씩 하나씩 정보를 흘려주면 좋아서 꼬리를 흔들며 덥썩 무는 멍청한 강아지라고 생각했겠지만 그게 너희들의 가장 큰 오산이었어. 나는 멍청하게 꼬리만 흔들 줄 아는 강아지가 아니라, 한 번 물면 절대 놓지 않는 미친개거든."

"미친개?"

"하필이면 행운흥신소를 찾아온 것이 너희들이 저지른 가장 큰 실수였어. 물론 죽은 김정현에게는 행운이었겠지만."

반장님이 수고했다는 듯 내 어깨를 두드렸다. 그리고 나는 조용히 거실을 빠져나와 김정현이 사용했던 서재로 들어갔다. 사건이 모두 해결되었지만 나는 여전히 김정현을 모른다는 생각이 들었다.

민지라는 아이가 자신을 닮지 않은 것을 보고, 구민석의 아이라는 것을 마침내 확인하고 나서 그가 느낀 절망은 어떤 것이었을까? 아무에게도 얘기하지 못하고 가슴 속에 품고만 있어야 하는 그의 심정은 겪어보지 않은 사람은 알 수 없는 것이었다.

어쩌면 그래서 그는 글을 쓰기 시작했을지 몰랐다. 혼자서 가슴 속에 품고 사는 것이 너무 힘들어서.

수없이 많은 불면의 밤을 보내면서 김정현이 글을 썼을 의자에 앉았다. 그리고 서류 가방을 열어《사랑은 두 번 울지 않는다》를 꺼냈다. 여전히 비어 있는 세 번째 칸의 빈틈으로 책을 밀어넣었다. 김정현의 책이 제자리를 찾았다. 마침내 비어 있던 책장이 가득 찬 느낌이 들었다.

*

형사 시절에 사건을 해결할 때마다 찾아갔던 곱창집에서 반장님과 함께 소주를 마셨다. 적당히 취기가 돌 때쯤, 반장님이 내 눈치

　　　　　　　　　행운흥신소 사건일지

를 살피다가 슬그머니 입을 뗐다.

"이제 어떻게 될까?"

"뭐, 판사가 알아서 잘하겠죠."

"아니. 최정우 말이야."

반장님이 소주를 한 잔 들이킨 후 한숨을 내쉬면서 최정우의 이야기를 본격적으로 꺼내기 시작했다.

"전에도 말했지만 불쌍한 놈이야. 다행히 네 덕분에 혐의가 풀리기는 하겠지만, 돌아갈 곳이 없잖아."

"그래서 하고 싶은 말이 뭔데요?"

"이왕 도와준 김에 끝까지 도와주는 게 어때?"

반장님이 넌지시 부탁했지만, 난 그렇게 호락호락한 사람이 아니다.

"행운흥신소는 사회 부적응자까지 직원으로 채용해 주는 자선 단체가 아닙니다."

반장님의 부탁은 단칼에 거절했다.

"다시 붉은 망토를 두르고 장검을 휘두르면서 괴물들을 물리치겠죠. 그렇게 게임 속 세상을 구하겠죠."

"하지만⋯."

"언젠가 게임 속 세상을 구하는 게 지겨워지면 다시 현실로 돌아오겠죠. 혹시 아나요? 그놈이 진짜 현실 세상을 구하게 될지."

반장님은 못내 아쉬운 기색이었지만, 난 가볍게 무시했다. 그리고 다 늙은 영감이 술은 어쩌나 센지. 삼차를 가자고 붙잡는 것을 간신히 뿌리치고 돌아왔다.

이제 정년퇴임이 얼마 남지 않았다고 술을 먹는 내내 하소연했지만 나는 안다. 아직 반장님의 정년퇴직은 한참이나 남았다는 것을.

앞으로 골치 아픈 사건을 얼마나 떠넘기려고 할지를 생각하니 벌써부터 머리가 지끈거리기 시작했다. 뭐, 그건 나중에 닥치면 해결하면 되는 것이니까.

당장 급한 것은 우리 집이다. 썰렁한 공기가 감돌 것이라 생각했는데 환하게 불이 켜져 있다. 조심스럽게 문을 열고 들어가자 음식 냄새가 코끝을 찌른다.

구수한 된장찌개 냄새인가?

상다리가 부러질 정도로 차려진 음식을 보자 군침이 돌았다. 하지만 덥썩 미끼를 물어서는 안 된다는 것쯤은 잘 알고 있다. 미끼를 던져놓고 기다리는 낚시꾼이 있을 터였다. 그리고 내 예상은 어김없이 들어맞았다.

"죽을래?"

"왜?"

"밀린 월급은 석 달치인데 두 달치만 입금하는 이유가 뭐야?"

"그건….."

얼음공주의 눈빛은 손끝을 가져다 대면 베일 정도로 날카로웠지만, 나는 이 상황을 타개할 방법을 잘 알고 있다. 질끈 눈을 감고 얼음공주를 덥썩 끌어안았다.

얼음공주의 매서운 주먹이 배로 파고들었지만 가까스로 참았다.

"술냄새!"

반항하던 얼음공주의 손에서 스르르 힘이 빠져나갔다. 그리고 얼음공주도 양손으로 슬그머니 내 목을 감싸 안았다. 내가 얼음공주의 월급을 모두 입금하지 않는 이유는 단 한 가지다. 그녀가 내 곁을 떠날까 두렵기 때문이다.

그래, 이제야 밝히는 거지만 얼음공주는 못난 내 곁을 떠나지 않고 항상 사랑해 주는 이 세상에 하나밖에 없는 나의 애인이다.

얼마 전에 이사를 했습니다. 딱히 특별할 것도 없는 행사였지만, 무료한 일상에 지친 사람들의 호기심을 불러일으킬 정도는 되었나 봅니다. 맞은편 빌라의 창문들이 열리고 그 앞으로 처음 보는 낯선 사람들의 얼굴이 차례차례 등장하면서 이삿짐을 싣는 광경을 유심히 지켜보시더군요.

무려 1년이 넘는 시간을 그 집에서 살았는데, 맞은편 빌라에 살고 있는 사람들의 얼굴을 제대로 본 것은 이사를 하던 그날이 처음이었습니다. 한편으로는 어이가 없기도 했고, 또 한편으로는 참 한심하기도 했습니다. 그래서 창문 너머로 바라보고 있는 맞은편 빌라에 살고 있는 사람들의 얼굴들을 가만히 바라보다가 문득 이런 생각을 했습니다. 꼭 무슨 일이 있을 때만이 아니라 평소에도 우리가 이렇게 주변에 관심을 가졌다면 우리가 살고 있는 세상이 조금은 달라지지 않았을까라고.

주변에 대한 우리의 관심이 바꿀 수 있는 것들은 꽤 많다는 생각
이 들었습니다. 범죄도 마찬가지입니다. 어쩌면 범죄가 벌어지기
전에 막을 수도 있을 것이고, 그로 인해 범죄가 많이 줄어들 수도
있었겠죠. 또 아무도 관심을 가지지 않는 가운데 조용히 묻혀 버린
사건들 역시 세상에 드러날 수도 있었겠죠.

이번 이야기의 시작은 바로 여기에서부터였습니다. 우리 주변에
서 언제든지 벌어질 수 있는 것이 범죄입니다. 쳇바퀴처럼 돌아가
는 일상에 지치고, 먹고 사는 일만 해도 벅찬 보통 사람들은 주변에
관심을 가지기 힘들 정도로 바쁩니다. 그런 보통 사람들을 대신해
서 누군가 우리 주변에서 벌어지고 있는 범죄에 관심을 가져준다
면 좋을 것 같다는 생각을 했습니다. 그래서 우리의 주인공이 탄생
했습니다.

범죄는 무겁습니다. 당연히 그 범죄를 파헤쳐가는 과정도 무거울 수밖에 없습니다. 하지만 너무 무겁기만 하면 숨이 막힐 것 같아서, 조금은 엉성하고 또 가끔씩은 망상에 빠져 허우적대기도 하는 행운흥신소의 사장을 범죄에 가려진 이면을 파헤치는 주인공으로 선택했습니다.

그런데 피비린내 나는 범죄의 현장 앞에 이 엉성한 주인공을 혼자 던져놓으니 너무 불안해서, 겉으로는 차갑지만 속마음은 누구보다 따뜻한 얼음공주를 파트너로 붙여주었습니다. 처음엔 별로 안 어울릴 것 같아서 걱정했는데, 의외로 티격태격하면서도 나름대로 썩 괜찮은 콤비가 되어 범죄의 이면에 숨겨진 진실을 향해 조금씩 다가갑니다. 무척 다행이라고 생각합니다.

때로는 추악하고, 때로는 잔혹하고, 또 때로는 서글프기까지 한

행운흥신소 사건일지

범죄의 이면에 감춰진 진실과 그 범죄를 저지를 수밖에 없었던 동기를 찾아가는 여정. 엉뚱해서 더 매력적인 두 주인공과 함께하는 여정에 여러분을 초대합니다.

행운흥신소 사건일지

초판 1쇄 발행 2012년 4월 30일

지은이 박치형

발행인 이진영 김태원
편집인 윤을식

대표 프로듀서 한성근
프로듀싱 류예지

펴낸 곳 도서출판 지식프레임
출판등록 2008년 1월 4일 제 322-2008-000004호
주소 서울시 강남구 신사동 511-6 범원빌딩 603호
전화 기획문의:(02)512-5232, 편집 및 영업문의:(02)521-3172 | 팩스 (02)521-3178

이메일 editor@jisikframe.com
홈페이지 http://www.jisikframe.com

ISBN 978-89-94655-21-5 03810

- 푸른여름은 도서출판 지식프레임과 (주)푸른여름퍼블리싱이 함께하는
  OSMA(Original Story Multi Application) 단행본 임프린트입니다.

- 이 책 내용의 전부 또는 일부를 재사용하려면 반드시 저작권자와
  푸른여름 양측의 서면에 의한 동의를 받아야 합니다.

- 파손된 책은 구입하신 서점에서 교환해 드리며, 책 값은 뒤표지에 있습니다.